THE
TOWER
OF BABEL
바벨의 탑
FANTASY FRONTIER SPIRIT
푸른 하늘 장편 소설

바벨의 탑 6

푸른 하늘 장편 소설

초판 1쇄 찍은 날 § 2013년 4월 22일
초판 1쇄 펴낸 날 § 2013년 4월 29일

지은이 § 푸른 하늘
펴낸이 § 서경석

편집부장 § 권태완
편집책임 § 박우진
디자인 § 이혜정

펴낸곳 § 도서출판 청어람
등록번호 § 제1081-1-89호
등록일자 § 1999. 5. 31
어람번호 § 제1-1588호

주소 § 경기도 부천시 원미구 심곡2동 163-2 서경B/D 3F (우) 420-822
전화 § 032-656-4452팩스 § 032-656-4453
http://www.chungeoram.com
E-mail § chungeorambook@daum.net

© 푸른 하늘, 2012

ISBN 978-89-251-3265-5 04810
ISBN 978-89-251-3114-6 (세트)

바벨의 탑

TOWER OF BABEL

FANTASY FRONTIER SPIRIT

푸른 하늘 장편 소설

6

[습격]

Contents

Chapter 1 습격   7

Chapter 2 들켰다면……   33

Chapter 3 새로운 곳에서   65

Chapter 4 찾아라   97

Chapter 5 적응   119

Chapter 6 인연이라는 것이   147

Chapter 7 본, 세론   179

Chapter 8 생각없는 장난이란   205

Chapter 9 마스터 대 마스터   233

Chapter 10 강제 귀환   265

Chapter
01
습격

　진운은 레이나와 아이린이 자신의 호구를 손질했다는 것을 알지 못했지만, 비행기의 짐칸에 치이면서 고생한 검도부원들의 호구보다는 깨끗한 게 당연하다고 생각하고 있었다.

　"그보다 쉬고 싶다, 정말."

　한국은 아직 여름이 시작되는 6월이지만 중국은 이미 여름에 접어든 시기였다.

　거기다 중국 특유의 습하면서도 미지근한 느낌과 함께 그늘에 있어도 마치 온풍기를 튼 것과 같은 열기는 아무리 검도로 단련된 이들이라도 쉽게 적응하기 힘들었다.

하지만 이곳에 온 이상 호텔에 짐을 풀고 마냥 노닥거릴 수는 없는 것 또한 현실이니 다들 싫은 표정을 노골적으로 드러내었다.

"자, 다들 일어나."

홍지연이 일행을 독려하듯 말하면서 먼저 일어섰지만 평소의 기운차면서도 활달하던 홍지연의 모습은 아니었다.

"쪄 죽더라도 왔으니 인사는 가야 하잖아 "

친선대회를 치르기 위해 이미 학교 차원에서 서로 이야기가 오간 상태이지만 자신들이 도착했다는 것을 가서 알려야 했다.

물론 다들 그냥 전화로 알리고 호텔에서 좀 더 쉬면 안 되느냐는 간절함이 담긴 눈빛을 뿌려대고 있다.

"다들 안 일어날 거야?"

홍지연은 과감하게 그런 눈빛들을 무시하고 윽박지르기 시작했다.

"아, 진짜 정말 더운데……."

"정말 나가기 싫다."

마치 흐느적거리는 좀비들이 일어나 걷는 것처럼 힘없이 어깨를 축 늘어뜨린 채 홍지연의 눈빛을 피해 억지로 호텔 방을 나서는 모습을 보던 진운이 결국 앞으로 나섰다.

"전원이 모두 가야 하는 건 아니잖아?"

홍지연이 왜 이렇게 싫다는 검도부원들을 닦달하면서 억지로 호텔 밖으로 몰아내려는지 진운도 이유는 알고 있었다.

그러한 의미에서 물어보는 진운에게 홍지연이 슬쩍 눈을 흘겼다.

"뭐, 그렇긴 한데 아무래도 저희는 실력이 달리니 쪽수라도 채워야 그쪽한테 첫인상부터 밀리지 않을 거 아니에요?"

대놓고 진운에게 나서달라고 말하는 모습에 진운이 다시 한 번 주변을 둘러보았다.

초롱초롱한 눈빛이 가장 먼저 그의 눈에 들어왔다.

"진운 선배~"

"선배가 대표로 가주신다면야. 헤헤헤."

"저희는 아직 비행의 피로가… 윽, 허리가……."

진운이 갈 것처럼 느껴지자 갑자기 아프다는 녀석부터 더위를 먹었다고 허공에 대고 헛소리를 하는 녀석까지 다양한 증상들이 나타났다.

그런 모습을 지켜본 홍지연도 한숨을 내쉬더니,

"사실 대표로 한 명만 가도 되지만 그게… 누구 때문에… 호호호호!"

슬쩍 진운을 보며 웃음소리를 높이면서 눈치는 주는 것이다.

직접 말만 안 했지, 본래 대표로 가기로 했던 사람이 너 때

문에 못 가니까 대신 가달라고 노골적으로 부탁하고 있는 것
이다.

진운은 피식 웃고서 벽에 기대고 있던 등을 뗐다.

"찾아가서 인사만 하면 되는 건가?"

"넷!"

기다렸다는 듯 대답하는 홍지연이다.

사실 예상을 벗어난 살인적인 중국의 여름 날씨에 밖으로
나가기 싫은 건 마찬가지였으니 말이다.

거기다 이왕 진운을 끌어들인 것, 철저하게 부려먹겠다는
듯한 홍지연의 이상한 고집도 어느 정도 한몫하고 있긴 했다.

"그럼 다녀올게."

진운은 알면서 속아준다는 듯한 표정으로 나섰다.

홍지연의 행동은 어차피 속이 뻔히 보인다. 그 술수에 넘어
가는 척하긴 했지만, 사실 그는 오히려 이러한 상황을 환영했
다.

당당하게 혼자서 움직일 시간을 벌었으니 말이다.

그렇게 더위에 지친 검도부원들을 두고 호텔 밖으로 나온
진운은 미리 알고 있다는 듯 기다리고 있는 레이나와 아이린
의 모습에 피식 웃었다.

"들어가서 쉬도록 해."

─왜?

레이나는 진운이 자신들을 떼어놓으려고 하는 것에 살짝 기분이 상한 듯 한마디 했지만 진운은,

"어차피 칭화대 쪽에 왔다는 것만 알리고 바로 돌아올 거야."

―정말… 일까?

레이나는 진운이 중국까지 와서 조용히 있을 리가 없다는 생각에 의심스러운 눈빛을 보냈다.

하지만 그녀의 눈에도 칭화대학만 갔다가 바로 호텔로 돌아올 거라는 진운의 태도가 진실로 보였다.

진운은 심드렁한 표정으로 레이나와 아이린을 쳐다보면서,

"내가 어린애도 아니고 중국에 왔다고 무작정 찾아 뒤지고 다닐 생각은 없으니까 너무 걱정하지 마. 그리고 시간이 없는 것도 아닌데 오자마자 아버지 흔적을 찾아다닐 만큼 맹목적으로 한쪽만 보는 나도 아니니까 쓸데없는 걱정이야."

진운은 굳이 이 더운 날에 레이나와 아이린까지 데리고 가는 것이 귀찮기도 했지만 금방 다녀올 것을 세 명이나 우르르 몰려다니는 것은 시간낭비이기도 했기에 얼른 다시 호텔 안으로 들어가라고 손짓했다.

―알았어.

별수 없이 진운의 손짓에 밀려 호텔 안으로 들어가는 레이

나였다.

그런데 고개를 돌리는 진운의 눈에 아이린의 서글퍼 보이는 눈동자가 보였다.

"아이린."

"네?"

"왜 그래? 무슨 일 있니?"

"아, 아니에요."

애써 진운과 마주친 눈동자를 돌리면서 레이나를 뒤쫓아 호텔 안으로 들어가 버리는 아이린이다.

"……."

잠시 말없이 아이린의 뒷모습을 보던 진운은 왜 저런 눈빛인지 대충 짐작은 했지만 굳이 아는 척하지는 않았다.

때로는 서투른 친절이 상대에게는 커다란 상처가 되기도 한다는 것을 잘 알고 있으니 말이다.

간단하게 말해서, 다리가 불편한 사람이 길을 가다가 넘어졌을 경우 당장 뛰어가서 도와줘야 할까?

보통 사람들은 그렇게 달려가서 일으켜 세워주는 것이 누구나 생각하는 친절이라고 할 것이다.

하지만 과연 그게 친절일까?

진운은 그렇게 생각하지 않았다.

그건 순전히 손을 내미는 쪽에서 만족하는 친절인 것이다.

　만약에 넘어진 사람이 도와달라고 했다면 그건 당연히 도와주어야 할 것이다.

　하지만 대다수의 사람들이 아는 것과 달리 넘어진 사람은 남에게 도와달라고 말하기보다 스스로 일어서기를 원하는 경우가 더욱 많다.

　오히려 도와달라고 하지도 않았는데 와서 일으켜 세워주는 것은 그 사람에게 '당신은 우리와 다르니 도와주는 것이다' 라는 값싼 동정에 지나지 않는다.

　어쩌면 동정도 아닌 모욕에 가까울 수도 있다.

　다리가 조금 불편할 뿐, 혼자서 일어설 수 있는 상황에서 누군가의 도움을 받으면, 그 정도도 해결하지 못하는 사람처럼 스스로 느낄 수 있다.

　친절이 상처가 되는 것이다.

　값싼 동정, 이건 겪어보지 않는 당사자는 절대로 이해하지 못하는 상처이다.

　이제 세상에 홀로 남겨진 아이린, 그리고 그런 그녀를 위해 진운의 장난 같은 약속에 자신의 목숨을 걸고 수행을 떠난 기사를 기다리는 심정이 오죽하겠는가.

　누군가가 조언을 한다고 해서 해결되는 것이 아니라 스스로 이겨내야 하는 것이기에 진운은 끝까지 아이린이 먼저 손을 내밀지 않는 한 그대로 두고 볼 생각이었다.

"그럼 가볼까?"

진운은 홍지연에게 받은 중국에서 사용하는 교통 버스카드를 확인하고는 버스 정류장이 있는 호텔 뒤쪽을 향해 걸음을 옮겼다.

본래는 호텔 옆에 있는 커다란 구조물로 인해 호텔에서 만든 공원을 한 바퀴 돌아야만 갈 수 있는 곳이지만 진운에게 구조물 따위는 별 상관 없기에 가로지르기로 한 것이다.

"제법 높긴 하네."

호텔 뒤쪽으로 몇 걸음 걸었을까?

진운은 앞을 가로막은 커다란 구조물을 보았다.

아니, 구조물이라기보다 커다란 벽을 만들어놓은 것 같은 모습이다.

"중국은 호텔 옆에 왜 이런 걸 설치하는지 모르겠네."

호텔과 어울리지도 않고 이것 때문에 이곳에 묵는 고객들이 불편을 겪을 것이기에 도무지 호텔을 지은 사람이 무슨 생각으로 이런 것을 호텔 바로 옆에 놓아두었는지 이해가 가지 않았다.

한눈에도 일부러 만들어서 호텔 옆에 둔 것이 확실해 보이는 인공 구조물이었으니 말이다.

하지만 진운이 잘 모르는 것이 있었는데, 바로 중국인의 풍수지리에 대한 엄청난 믿음이다.

그로 인해 현재 호텔과 전혀 어울리지도 않고 오히려 호텔을 오가는 고객들이 그것 때문에 먼 길을 돌아가는 수고를 하고 있음에도 그냥 두는 것이다.

가장 간단한 예를 들면, 중국에서 가까운 홍콩을 가보면 중국인들이 얼마나 풍수지리를 신봉하는지 한눈에 알 수 있다.

빌딩마다 신기하게 구멍이 뚫려 있는 모습을 심심치 않게 볼 수 있다.

그것도 애초에 그렇게 설계를 해서 지어 올린 것처럼 말이다.

그런데 그게 무슨 규칙이나 예술적인 의도에서 만든 구멍이 아니었다.

바로 용이 지나다니는 길이라고 해서 건물을 세우더라도 무조건 길을 열어놔야 하기 때문에 건물을 지으면서 어쩔 수 없이 풍수지리에 따라 구멍을 뚫어놓은 것이다.

가장 쉽게 찾아볼 수 있는 것이 홍콩의 구룡역 쪽 구역이다.

이름에서 알 수 있듯 아홉 마리의 용이 지나다니는 곳이라고 해서, 그곳의 빌딩은 모두 크든 작든 빌딩 중간 중간에 구멍이 만들어져 있는 것을 쉽게 찾아볼 수 있다.

그리고 지금 진운이 투덜거리면서 뛰어넘으려는 그 구조물도 호텔에서 풍수지리에 따라 설치한 것이다.

　보기에는 쓸데없이 호텔 옆의 넓은 곳에 자리 잡아 길을 막는 것으로밖에 보이지 않겠지만 풍수적으로 호텔의 기운을 더욱 북돋아주기 위해서 일부러 큰돈을 들여 설치했다는 것을 진운이 알 리가 없다.

　물론 안다고 해도 미신을 믿지 않는 진운의 사고방식으로는 여전히 이해 불가였겠지만 말이다.

　하지만 그 덕분인지 이곳을 지나는 사람이 거의 없기 때문에, 진운이 능력을 사용한다고 해서 누군가에게 들킬 염려는 없어 보였다.

　"후움!!"

　눈대중으로 봐도 높이가 제법 높아 보이는 크기에 호흡을 하면서 몸 안의 마나를 활성화하자,

　화르륵!!!

　주변의 공기가 살짝 흔들릴 만큼 활성화된 마나의 여파가 크게 번져 나왔다.

　진운 본인은 모르고 있겠지만, 게티아를 이용해서 대륙으로 차원 이동 할 때마다 대륙의 마나와 지구의 마나를 동시에 접하게 되면서 뜻하지 않게 진운의 몸에는 마나가 활성화되는 단계가 급격히 높아지는 상승작용이 일어나고 있었다.

　마나가 적은 지구와 마나가 풍부한 대륙의 마나는 아주 미묘하지만 서로 다른 성질을 가지고 있다.

그것을 모두 조금씩 무리 없이 접하면서 몸으로 받아들이고 있는 진운은 지금까지 두 가지 성질을 가진 마나를 모두 몸 안에 가지고 있는 특이한 경험을 하면서, 마나를 다루는 실력도 덩달아 일취월장하고 있는 것이다.

수련으로는 절대로 이룰 수 없고 오로지 본능적으로 마나를 다루는 능력이 올라가는 것이다.

그러다 보니 진운 자신도 모르는 사이 몸이 스스로 마나를 다루고 활성화하는 능력을 습득해 가고 있었다.

자동차로 이야기하면 같은 연료를 사용하지만 전에는 70% 정도의 연료만 사용하고 나머지 30%는 버렸는데, 지금은 90%까지 연료를 사용할 수 있는 엔진으로 바뀐 것이다.

사실 아무리 대륙에 마나가 풍부하고 그걸 다루는 마스터가 존재한다고 하지만 마나를 다루는 능력은 결국 개개인마다 다르다.

그러다 보니 당연히 한 가지 성질만 가진 마나를 가진 마스터보다 두 가지 성질을 가진 마나를 모두 다룰 수 있는 진운의 능력이 탁월하게 좋은 것은 당연했다.

지금도 그 효과가 여실히 드러나고 있는 중이다.

"……?"

진운은 겨우 가볍게 호흡을 하면서 마나를 활성화시켰을 뿐인데 마치 집중한 것처럼 마나가 빠르게 반응하자 살짝 이상하다는 생각을 했다.

하지만 그것도 잠시였다.

"뭐 좋은 거겠지."

애초에 자신은 반쪽자리 마스터라는 인식이 강한 진운이었기에 지금 마나의 반응이 빠른 것도 몸이 이제야 적응하는 중이려니 하면서 대충 넘겨 버린 것이다.

탓!

너무나 쉽게 활성화되어 버린 마나 때문에 진운은 처음 생각과 달리 바로 바닥을 가볍게 찼다.

훌쩍!

마치 시위를 떠난 활이 허공을 향해 날아오르듯 진운의 몸이 솟아오르면서 착지한 곳은 구조물의 가장 높은 곳이었다.

"원래 이렇게 몸이 가벼웠나?"

진운은 마치 평지를 걷듯 가볍게 움직이는 몸 상태에 다시 한 번 고개를 갸웃거렸다.

그러나 좀 전과 마찬가지로 좋은 게 좋은 거라는 생각과 함께 곧 머릿속에서 지워 버리고는 다시 뛰어내리기 위해 허리를 살짝 숙였다.

두근!

"응?"

진운이 구조물 위에서 뛰어내리려고 허리를 살짝 숙이는

순간, 갑자기 심장이 심하게 뛰는 것을 느꼈다.

"뭐지, 이건?"

두근두근!

마치 무언가 신호를 보내는 듯 심장이 거칠게 뛰기 시작하더니 곧이어,

찌리릿!!

전기가 온몸을 관통하고 지나가는 느낌까지 든 것이다.

자연스럽게 진운의 고개가 오른쪽을 향했다.

화르륵!!

본능적으로 마나가 진운의 눈동자에 모였다. 본능적인 움직임이었다.

순식간에 평소보다 몇 십 배 시력이 확장된 그의 시야에 무언가가 잡혔다.

핏슝!!

"젠장!!"

뭔지 확인하고 자시고 할 여유도 없었다.

진운은 본능적으로 허공에 손을 뻗어,

휘리릭!

아공간에서 칼라드볼그를 꺼내 들어 그대로 내려쳤다

카카카카카카카카칵칵칵!!

허공을 향해 내려친 진운의 칼라드볼그에서 쇠를 심하게

긁는 듯한 소리가 들리더니,

핑!! 핑!!

칼라드볼그가 완전히 내려왔을 때 진운의 양쪽으로 갈라진 무언가가 그가 서 있는 구조물에 박혀 들어가는 소리가 들렸다.

"저격!!"

칼라드볼그의 날에 무언가가 불꽃을 튀기며 부딪쳐 잘렸다. 그사이 진운은 그것이 손가락 크기의 총알임을 알아보았다.

심장이 두근거린 것은 본능이 이 위협을 알아차린 경고였다.

일반적인 총알이 납으로 만들어지는 것과 달리 방금 진운이 잘라낸 총알은 철갑탄인지 잘리고 나서도 모양을 그대로 유지하고 있었다.

피슝!!

갑작스런 저격에 정신을 추스를 여유도 없이 또다시 진운의 귀에 공기를 찢으면서 날아오는 총알의 소리가 미세하게 들려왔다.

진운은 눈보다 손을 먼저 움직였다

핑!!

이번에는 아예 칼라드볼그의 검면으로 후려쳐 버리자 칼

라드볼그와 부딪친 충격을 이기지 못한 철갑탄이 허공에서
폭파됐다.

피피피핏!! 피피피핏!!

"젠장!!"

진운은 생각없이 검면으로 친 것을 후회했다.

터진 철갑탄의 파편이 마치 수류탄이 터진 것처럼 진운을
덮쳐온 것이다.

하지만 곤란해하는 진운의 표정과 달리 폭발한 철갑탄의
조각은 진운의 몸을 그대로 통과해 바닥에 박혀 버렸다.

"큰일 날 뻔했네."

진운은 식은땀이 흐르는 것을 느끼면서 잠시 손가락에 끼
고 있던 게티아를 한번 쳐다보고는 빠르게 몸을 날려 이곳을
벗어나려고 했다.

저격이란 것을 상상해 보지 않은 것은 아니지만, 지금과 같
은 상황에서 저격을 당할 것이라고는 전혀 예상하지 못했다.

그의 머릿속에 드는 생각은 오직 한 가지였다.

"들켰나?"

거의 완벽에 가까울 만큼 신분을 세탁했다고 생각한 진운
은 뜻하지 않게 저격을 받자 그런 생각이 들었다.

그것도 일반적인 납탄이 아닌 철갑탄을 사용한 저격이다.

한 발이 아니라 두 발 다 모두 진운의 머리와 심장을 노리

고 날아왔으니, 명백하게 자신이 목표였다.

진운은 즉각 자신의 감각을 최대한 집중했지만 걸리는 게 없었다.

"젠장, 최소 1킬로미터 밖에서 쐈다는 거네."

진운의 감각은 현재 최대로 활성화하면 최대 반경 1킬로미터 정도는 충분히 감지할 수 있었다.

하지만 그 어떤 것도 걸리는 게 없다.

저격수의 실력에 따라 다르지만, 저격총으로 2킬로미터에서 멀게는 3킬로미터 밖에서도 저격이 가능하다.

만약 그렇게 먼 곳에서 이루어진 저격이라면 진운으로서도 방법이 없었다.

피슝~!

"젠장!!"

진운이 허둥대고 있는 것을 알고나 있는 듯 다시 공기를 찢는 소리가 들려왔다.

눈으로 확인하고 어쩌고 할 수준이 아니었기에 결국 칼라드볼그를 휘둘러 총알을 잘라내는 게 전부인 진운은 곧바로 마나를 활성화하고는 빠르게 움직이기 시작했다.

"총알이 날아온 방향이 두 방향!"

정확하게 진운의 왼쪽과 오른쪽에서 번갈아 가면서 총알이 날아왔다.

세 번째 총알이 날아온 방향도 그와 같음을 눈치챈 진운은 감각을 최대한 활성화하면서 둘 중 확실한 오른쪽을 향해 무작정 뛰기 시작했다.

그러면서도 진운은 어째서 자신의 존재가 들켰는지 도무지 이해가 가지 않아 머릿속이 복잡하기만 했다.

거의 완벽하다고 생각하고 있었기에 오히려 마음을 느긋하게 먹고 여유 있게 움직이고 있는 와중에 뒤통수를 제대로 맞은 것이니 생각이 많아질 수밖에 없었다.

그러면서도 한편으로는,

"레이나와 아이린을 호텔에 두고 온 게 천만다행이네."

만약에 그 둘을 데리고 왔더라면 정말 난감할 뻔했다.

물론 레이나의 마법으로 도움을 받을 수 있을지는 모르겠지만 말이다.

아니, 오히려 지금은 그 어느 때보다 레이나의 도움이 절실했다.

딸각!

거의 한 마리의 표범과 같은 움직임으로 건물 사이를 누비면서 진운은 휴대폰을 꺼내 단축번호를 눌렀다.

"레이나!"

―응? 왜 그래?

"습격이야!"

─뭐?!

"호텔에서 3시 방향. 할 수 있는 한 최대한 탐지해서 알려줘."

─알았어!

레이나도 진운의 다급한 목소리에 심각성을 깨달았는지 짧게 대답하고는 먼저 전화를 끊었다.

"젠장, 일루미나티를… 너무 쉽게 생각했어!"

설마 이렇게 빨리 자신을 찾아내리라고는 전혀 예상치 못한 진운은 이가 부서져라 깨물면서 최대한 총알이 날아온 방향을 향해 일직선으로 뛰었다.

피슝!!

"젠장! 이렇게 움직이는 나를 어떻게 찾아낸 거야?"

정확하게 진운이 뛰어가는 맞은편에서 공기를 찢으면서 철갑탄이 날아들었다.

진운은 시야에 철갑탄이 들어오자 생각할 것도 없이 칼라드볼그를 세워 들고는 그대로 뛰는 속도를 높였다.

텅!

"큭!"

달리던 속도를 줄일 수 없기에 임시방편으로 칼라드볼그의 단단함만 믿고 그대로 밀어붙인 것이다.

하지만 역시나 총알 크기부터 손가락만 한 철갑탄의 충격이 결코 만만할 리가 없었다.

순간적으로 진운의 몸이 충격으로 멈춰 버렸으니 말이다.

타핫!!

하지만 곧 다시 뛰기 시작한 진운은,

끼릭!

피슝!!

지금까지와 다른 소리가 귀에 들렸다.

그리고 이번에는 칼라드볼그를 비스듬하게 세워 들어 비켜 나가게 하자,

팅!

거의 진운에게는 충격이 없는 상태로 칼라드볼그의 검면을 타고 옆으로 튕겨 버린 철갑탄이었다.

"좋아!"

이제야 검으로 총을 상대하는 방법을 터득한 진운은 굳이 힘으로 부딪치는 것만이 전부가 아니라는 것을 깨달았다.

끼리리릭, 끼릭.

"무슨 소리지?"

점점 가까워질수록 귀에 거슬리는 쇳소리에 인상을 찌푸리던 진운은 순간 무슨 생각이 들었는지, 갑자기 일직선으로 뛰어가던 방향을 살짝 틀어 눈앞에 보이는 가장 높은 빌딩의 벽을 타고 그대로 오르기 시작했다.

타타타타탁!!

거의 40층이 넘는 높은 건물이었지만 지은 지 좀 되었는지 유리로 벽을 만드는 현재의 건물과 달리 시멘트와 철골로 이루어진 벽 때문에 이동이 어렵진 않았다.

물론 마스터인 진운이니까 가능한 움직임이었다.

파삭!!

파삭!! 파삭!!

진운의 발이 빌딩의 벽에 닿을 때마다 마치 두부처럼 벽이 파여 들어갔다. 진운은 거기서 마찰력을 얻어 벽을 뛰어 올라가고 있었다.

"역시!"

거의 빌딩 중간쯤 왔을까?

진운의 눈에 빌딩 옥상에 삐죽 튀어나와 있는 검은 쇠기둥 하나가 보였다.

끼리릭, 끼릭!!

마침 진운을 발견했는지 쇠기둥이 움직였다.

그 총구가 벽을 타고 오르는 진운을 향했다.

"어딜!!"

뒤통수 맞은 것도 억울한데 눈앞에 뻔히 보면서도 당해줄 생각이 없는 진운이 자신이 가진 모든 마나를 한꺼번에 폭발시키자,

화르르르륵!!

푸른빛의 오라가 진운의 몸에서 퍼져 나가더니,

슥!

갑자기 진운의 몸이 그곳에서 사라져 버렸다.

끼릭끼릭.

검은 쇠기둥도 갑자기 목표물이 사라지자 당황했는지 끝이 심하게 흔들렸다.

“뭘 찾는 거야?”

그리고 들린 진운의 목소리에,

끼리리리리리리릭!!

빠르게 쇠기둥이 회전하면서 움직였지만,

“한 번이면 족해!!”

진운이 좀 더 빨랐다.

커다란 탱크처럼 생긴 녀석의 품으로 파고 들어간 진운은 주먹에 마나를 잔뜩 실어서 찔러 넣고,

“하압!!”

마나를 폭발시켰다.

쾅!!

끼릭, 끼끼끼끼, 끼끼끼, 끼끽.

운이 좋은 건지 아니면 진운의 위력이 강한 건지 모르지만 단 한 방에 움직임을 멈춰 버렸다.

작동을 멈춘 적의 정체를 보고 진운은 숨을 들이켰다.

"이게 뭐야?"

사실 진운은 당연히 사람이 저격한 거라 여겼다.

하지만 직접 맞닥뜨린 적은 어이없게도… 로봇이었던 것이다.

그것도 커다란 망원경과 안테나가 달려 있고, 코끼리 정도는 한 방에 가루로 만들어 버릴 만큼 엄청난 크기의 총이 달린 로봇 말이다.

총신의 길이만 1미터는 되어 보이는, 거의 괴물에 가까운 총이었다.

나중에 안 사실이지만 진운을 저격한 총은 NTW—20이라는 이름을 가진 대물용 대구경 저격 소총이었다. 저런 무식한 게 저격용 소총이라는 것에 진운은 다시 한 번 놀랐다.

이런 기괴한 것으로 자신을 저격한 이들이 대체 뭐하는 놈들인지 현중은 궁금해 미칠 지경이 되었다.

저격 로봇의 몸에서, 부서지면서 총알이 흘러내렸다. 로봇의 파편을 살피던 진운이 그것을 발견해 집어 들었다.

동시에 아주 깊은 한숨이 그의 입에서 새어 나왔다.

위력만 따지면 벽을 뚫고라도 저격할 수 있을 만큼 무시무시한 총알이었다.

그때 전화가 울렸다.

띠리리!!

딸각!

"응."

—생명 반응은 없어. 어떻게 된 거야?

"아, 우선 하나는 처리했어."

—그래? 그런데 의외로 가까운 데 있는데, 죽인 거야?

레이나는 자신의 탐지 마법의 반응에 걸리는 게 진운뿐이기에 물었다.

"…죽였다고 하기는 좀 애매한 녀석이라서. 아무튼 내가 있는 곳으로 좀 와줄 수 있어?"

—알았어.

Chapter 02
들켰다면……

　와달라는 진운의 말에 바로 전화를 끊은 레이나는 곧바로 움직였는지 5분 정도 지나자 진운이 있는 곳에 모습을 드러냈다.

　그리고 진운의 옆에 있는 시커먼 녀석을 보고는,

　―뭐야, 이건?

　역시나 진운의 예상대로 저격 로봇을 본 레이나는 놀라기부터 했다.

　사실 진운도 처음 본 것이기에 놀라긴 했지만, 순수하게 저격 로봇을 보고 놀랐다기보다 이런 것을 사용해서까지 자신

을 죽이려고 하는 일루미나티 녀석들 정체가 궁금해 미치겠
다는 게 더 맞았다.

—우선 이건…….

레이나는 이곳에서 무언가를 알아보기보다 급한 대로 자
신의 아공간을 열어 이미 부서진 저격 로봇을 감쪽같이 쓸어
담아 버렸다.

떨어진 나사 하나까지 깔끔하게 아공간에 넣은 레이나는
진운을 보면서,

—이제 끝이야?

"아니. 하나가 더 있어."

아직 왼쪽에서 총알을 날려오던 존재가 있다. 그쪽도 저격
로봇일 가능성이 높으니 빠르게 시선을 돌려 주변을 살폈다.

하지만 역시나 살아 있는 생명체가 아니기에 진운의 기척
에도, 레이나의 탐지 마법에도 걸리는 게 없었다.

"이렇게 되면 방법은 하나뿐이야."

진운은 자신들의 능력으로 저격 로봇을 찾을 방법이 없자
생각을 바꿔 자신이 다시 미끼가 되기로 마음먹었다.

"내가 다시 미끼가 될 테니까 레이나가 흔적을 찾아줘."

—알았어.

마나를 사용하는 것이 정말 대단하고 엄청난 능력이다.

하지만 대륙과 달리 과학이 발달한 지구에서는 생명이 없

기에 마나를 느낄 수 없는 기계의 흔적이나 기척을 감지하는 것은 거의 불가능하다.

마나라고 만능이 아니라는 것을 진운은 깊이 되새기며 행동에 나섰다.

혹시나 했는데 역시나.

진운이 처음 저격을 받은 구조물 위에 올라서자 즉각 반응이 왔다.

피슝!!

씨익~

팅!!

처음과 달리 칼라드볼그의 검면으로 총알의 방향만 살짝 틀어버린 진운은 입가에 미소를 지으면서 그대로 달렸다.

―진운! 800미터 앞 빌딩 옥상이야!

멀리서 지켜보던 레이나는 총알이 발사된 곳을 한눈에 알아봤다.

진운에게 알려주자마자 그녀도 뛰기 시작했다.

하지만 총알의 방향을 보고 즉각 움직인 진운이 먼저 도착했다.

쾅!!

"휴, 이걸로 끝인가."

첫 번째 저격 로봇을 침묵시킨 것과 같이 이번에도 무식하게 주먹을 때려 박아 넣고는 주먹에 모인 마나를 단번에 폭발시키는 것으로 가볍게 저격 로봇을 처리했다.

―똑같이 생겼네.

레이나는 두 번째 저격 로봇을 보고는 놀라기보다 이제는 호기심을 드러냈다.

잠시 살펴보는 듯하더니 첫 번째 것과 마찬가지로 깨끗하게 아공간에 쓸어담았다.

―어디에도 사람의 흔적이 없어.

"그렇겠지. 저격 로봇을 이용해서 사람을 죽이는 놈들이니까 말이야. 쳇!"

진운은 짧게 혀를 차고는 그대로 몸을 돌려 호텔로 돌아왔다.

*　　　*　　　*

"제가 생각해도 진운의 정체가 적에게 들킨 것 같아요."

아이린은 진운과 레이나를 말을 듣고 잠시 생각하더니 그렇게 결론을 내렸다.

물론 진운도 그 생각에는 이의가 없었기에 고개를 끄덕였다.

하지만 문제는 지금부터였다.

―어떻게 할 거야? 어떻게 녀석들이 알았는지 모르지만 진운의 정체를 정확하게 알고 공격했다면 이미 모두 들킨 것과 다름없는데 말이야.

"저도 레이나 언니의 생각과 같아요. 최대한 현재 상황에서는 피하는 것을 권해 드리고 싶어요."

아직 진운은 적이 누군지, 어떤 녀석들인지 전혀 아는 게 없다.

그나마 최근에 아버지의 다이어리를 발견했기에 일루미나티가 관련되어 있을 것이라고 생각하고 있긴 하지만 그것도 확실하지는 않았다.

하지만 방금 전에 습격을 받은 것처럼 저격용 로봇을 두 대나 움직여 자신을 죽이려고 했다는 것만 봐도 결코 가볍게 생각할 녀석들은 아닌 게 확실했다.

그리고 어쩌면 자신이 적으로 여기던 국정원은 오히려 도마뱀의 꼬리에도 미치지 못할지도 모른다는 생각도 들었다.

"우선 가장 먼저 해야 할 일은 아저씨와 누나를 보호하는 거야."

적이 진운의 정체를 알았다면 생각할 것도 없이 소지훈과 김미영의 목숨이 위험할 것이다.

어쩌면 진운의 저격이 실패했기에 더더욱 위험할 수도 있었다.

─어떻게 하려고?

사실 자신들이 하려고만 하면 소지훈과 김미영을 보호하는 것이 크게 어려울 것은 없다.

하지만 그렇게 되면 발이 묶이게 되는 것이기에 오히려 적에게는 좋은 표적만 될 뿐이었다.

이번 같은 경우도 정확하게 진운이 머물고 있는 호텔을 미리 알고 저격 로봇을 가져다 놓은 것만 봐도 얼마나 대단한 녀석들인지 알 수 있었다.

"별수 없어. 설마 이렇게 빨리 최악의 경우를 사용해야 할지는 몰랐는데."

─응?

"……?"

아무것도 모르겠다는 표정의 레이나, 아이린과 달리 진운은 미간을 찌푸리면서 혹시 몰라 최악의 경우를 가정해서 자신이 세워놓은 계획을 실행하기로 마음먹은 것이다.

"아저씨와 누나, 그리고 다슬이를 대륙으로 데리고 갈 거야."

─뭐?!

"……!!"

레이나와 아이린은 진운의 말에 크게 놀란 듯 눈을 동그랗게 떴다.

하지만 가만히 생각해 보니 그것보다 확실한 보호가 없었다.

진운의 적이 얼마나 강하고 대단한 녀석들인지는 모르지만 차원을 넘어서까지 쫓아올 능력이 있을 가능성은 거의 없다.

그렇다면 방금 진운이 말한 것처럼 대륙에 소지훈과 김미영, 그리고 다슬이를 데려다 놓는 방법이 가장 안전했다.

물론 갑자기 차원 이동하는 그들은 마른하늘에 날벼락이겠지만 말이다.

"별수 없잖아. 아저씨와 누나를 보호하면서까지 내가 녀석들을 상대할 수는 없으니까 말이야. 가능하면 쓰고 싶지 않았는데……."

김미영은 잘나가는 성형외과 원장이고 소지훈은 잘나가는 변호사이다.

거기다 최근에 입양한 다슬이는 학교까지 다니고 있는 상황에 무작정 진운이 편하자고 그들을 억지로 데리고 갈 수는 없었다.

생활의 기반과 모든 것이 이곳 지구에 있는 그들을 데리고 대륙으로 간다는 것은 한국에서 살다가 다른 나라로 이민 가는 것은 비교도 되지 않을 만큼 충격적인 일이다.

누구나 생활 기반이 있는 곳을 쉽게 떠나지 않으려고 한다.

거기다 최근에 다슬이라는 자식까지 생기면서 사는 재미를 만끽하고 있는 그들을 대륙으로 억지로 데리고 가는 짓은 차마 못할 짓이다.

그래서 최대한 진운은 자신이 참으면서 천천히 움직일 생각이었는데 이번의 습격으로 그 모든 게 완전히 뒤집혀 버린 것이다.

—가려고 할까?

레이나는 인간들이 살던 곳을 떠나는 것을 얼마나 싫어하는지 잘 알고 있기에 걱정스러운 얼굴로 물었다.

대륙의 인간들은 자신이 태어나고 자란 곳을 떠나기 싫다는 이유로 전염병이 돌아도 떠나지 않고 그곳에서 죽는 미련한 짓을 선택하기도 했다.

물론 이곳 지구의 인간이 문화적으로 대륙에 비교하지도 못할 만큼 발전하고 진화되었다고 하지만 근본적으로 같은 인간이라는 것은 변하지 않음을 알기에 물어본 것이다.

"억지로라도 끌고 가야지."

차라리 욕먹고 원망을 들을지언정 이제 마지막 남은 가족인 소지훈과 김미영, 그리고 그의 딸인 다슬이가 죽는 것만큼은 절대로 볼 수 없는 진운은 마음먹은 이상 싫다면 두들겨 패서라도 대륙으로 끌고 갈 생각이었다.

그렇게 레이나와 진운의 이야기를 가만히 듣고 있던 아이

린은 불쑥 얼굴을 들이밀더니,

"그럼 서둘러요. 우리가 이러고 있는 시간에도 그들이 위험할 수 있으니까요."

벌떡!

아이린의 말이 신호가 된 듯 벌떡 일어선 진운이 양손을 내밀자 레이나와 아이린이 덥석 진운의 손을 잡았다.

"집으로 돌아가자."

그리고는 호텔에서 사라져 버렸다.

*　　　*　　　*

"먼저 누나에게 갈게."

진운은 자신의 아파트로 돌아오자마자 레이나와 아이린에게는 챙길 수 있는 건 모두 챙기라고 말하고는 아파트 창문으로 뛰어내렸다.

"저기… 어떤 걸 챙겨야 하죠?"

진운이야 당장 그들의 안전이 급하니 서둘러 갔지만 막상 남은 아이린은 뭐부터 챙겨야 할지 난감한 표정이었다.

물론 레이나도 잠깐씩 여행을 갈 때와 달리 차원이 다른 이번 여행은 챙겨야 할 것이 너무나 많아 난감했다.

─다 챙겨.

"네?"

—지금 우리가 챙긴 것이 대륙으로 넘어간 그들에게는 유일한 물건일 테니까 최대한 많이 챙겨야 해. 그리고 이제 우리도 이곳으로 돌아오지 못해.

진운의 정체가 드러난 이상 이 아파트에서 계속 산다는 것은 미친 짓이니 어차피 버려야 하는 상황이다.

화르르륵!!

레이나는 결심이라도 한 듯 자신의 아공간을 최대한 크게 열더니,

—무조건 눈에 띄는 건 모두 집어넣어!

"아, 알았어요."

아이린은 별수 없이 무조건 손에 잡히는 대로 아공간에 집어넣기 시작했고, 레이나도 눈에 띄는 것은 모두 아공간에 쑤셔 넣었다.

어차피 이번에 떠나면 다시는 돌아오지 못할 곳이니 벽지라도 뜯어갈 기세로 쓸어 담기 시작한 것이다.

한편 이렇게 레이나와 아이린이 이삿짐이 아닌 집 전체를 가지고 갈 기세를 뿌리고 있을 무렵, 진운은 김미영의 병원 옥상에 도착해 있었다.

벌컥!!

"누나!"

"응?"

갑자기 원장실의 문이 열리면서 진운이 뛰어 들어오자 김미영은 놀란 눈으로,

"너 중국에 간 거 아니었어?"

분명히 중국으로 동아리 활동을 하기 위해 간다고 들은 김미영은 지금 이곳에 진운이 있는 것이 이상하다는 눈으로 쳐다보았다.

"설명은 나중에 할게. 우선 나와 같이 가."

"응? 왜 그래?"

"아무튼 나와 좀 가자니까."

막무가내로 김미영의 손을 잡고 끌어당기는 진운의 행동에 난감한 표정을 짓기 시작한 김미영은,

"곧 나 수술 있어. 나중에 저녁에 이야기하자."

진운의 마음을 알 리 없는 김미영은 안 가겠다고 버티기 시작했다.

"그럴 시간이 없어. 어쩔 수 없지."

진운은 김미영이 순순히 따라올 것 같지 않자 어쩔 수 없이 김미영의 손을 잡은 채로 공간이동을 해버렸다.

스윽! 스윽!

공간을 뛰어넘어 진운이 억지로 자신의 아파트로 김미영을 끌고 와서는,

"누나, 조금만 기다려. 아저씨랑 다슬이도 데리고 와야 하니까."

라는 말만 남기고는 사라졌다.

남겨진 김미영은 도대체 뭐가 어떻게 된 건지 영문을 모르겠다는 표정이다.

"뭐야, 이건? 난 분명… 내 원장실에 있었는데… 어떻게… 여긴……. 레이나도 있네?"

공간이동 자체를 처음 접하는 김미영이 경악했다.

진운이 손을 잡는 순간 갑자기 주변이 흐릿해지더니, 다시 선명해졌을 때는 그녀의 원장실이 아닌 진운의 아파트였다.

김미영은 설명이 안 되는 놀라운 상황에 주저앉아 버렸다.

─저기 언니, 설명은 나중에 진운이 모두 데리고 오면 할게요.

휙~

레이나는 일단 그녀를 안심시키기 위해 그렇게 일렀다.

그러나 그 손은 여전히 집안의 집기들을 아공간에 던져 넣는 중이었다.

"저건… 도대체 뭐니?"

허공에 살아 있는 듯한 검은 것이 일렁이는 커다란 아공간의 검은색 입구가 레이나와 아이린이 던지는 것을 모조리 삼켜 버리는 것을 본 김미영은 할 말을 잃어버렸다. 그저 멍하니 그 모습만 지켜보고 있을 수밖에 없었다.

곧이어 진운이 다시 허공에서 떨어지듯 모습을 드러냈는데, 그의 품에는 다슬이가 안겨 있었다.

"누나, 다슬이 좀 부탁해!"

마치 쫓기는 사람처럼 다급히 다슬이를 맡긴 진운은 다시 허공에 녹아들 듯 사라져 버렸다.

"다슬아, 괜찮아?"

도무지 무슨 일인지 알 수 없는 상황에 멍한 눈으로 다슬이를 바라보는 김미영은 조그마한 손이 자신의 손을 잡는 것을 느끼고서야 조금은 제정신을 차릴 수가 있었다.

누가 그랬던가?

여자는 한없이 약하지만 엄마는 한없이 강한 존재라고 말이다.

자신 혼자 있을 때는 어떻게 할 줄을 몰라 하던 김미영이었지만 다슬이를 품에 안자 놀랍게도 빠르게 정신을 차린 것이다.

"엄마, 괜찮을 거야."

"응?"

김미영은 자신의 손을 꼭 잡은 다슬이가 마치 위로하는 듯한 말을 하는 모습에 놀랐다.

털썩!!

그때, 다시 모습을 드러낸 진운의 손에는 김미영과 같은 표정을 짓고 있는 소지훈이 있었다.

"지금부터 제가 하는 말 잘 들으세요!"

진운은 놀라서 정신을 못 차리는 김미영과 소지훈을 어르고 달래기를 수차례나 하고 나서야 겨우 말을 꺼낼 수가 있었다.

그리고 짧고 간결한 진운의 설명을 들은 소지훈이 심각한 표정으로 물었다.

"설마… 녀석들이 너를 찾아냈단 말이야?"

"네, 중국에서 습격을 받았어요. 정확하게 저만 겨냥해서요. 제가 빌려 쓰고 있는 신분의 주인은 전혀 문제가 없는 평범한 소시민이었다는 것을 생각하면… 제 정체가 들켰다고 생각하는 게 맞아요."

"설마… 그렇게 집요하다니……."

"그리고 아저씨는 모르시죠? 아버지와 함께 일했던 회사의 사람들이 모두 죽었다는 것을요."

진운의 말에 소지훈의 얼굴에서 핏기가 사라지기 시작했다.

"설마 너… 나 몰래 계속 조사하고 다녔던 거니?"

소지훈은 다른 것보다 진운이 계속 아버지의 죽음을 조사하고 있었다는 것이 마음에 걸렸다.

"어쩔 수 없어요. 아시잖아요, 제 성격이 어떤지요."

"휴, 역시나 성격은 지 애비를 꼭 빼닮았구나."

소지훈은 한동안 착실하게 공부하고 학교에 다니는 진운을 보면서 어느 정도 아버지에 대한 복수를 잊어가고 있다고 생각했다.

그런데 그것이 착각이었음을 이제야 알게 되어 내심 서운한 듯한 표정이 되었다.

하지만 그렇다고 진운을 나무랄 수도 없었다.

자신도 진운이 없었다면 친구의 죽음을 파헤치고 다녔을 테니 말이다.

"그 아버지에 그 아들이죠."

씨익~

진운은 작게 미소 짓는 것으로 나머지 대답을 대신해 버렸다.

"저기… 나한테도 좀 설명이 필요하지 않아?"

한참 이야기를 듣고 있던 김미영이 도대체 자신만 빼고 소지훈과 진운이 서로 아는 듯 고개를 끄덕이는 모습에 심통이 난 듯 양쪽의 볼을 잔뜩 부풀렸다.

소지훈이 나직이 입을 열었다.

"내가 전에 이야기한 적 있지? 진운의 아버지이자 내 친구가 의문의 교통사고로 죽었다고 말이야."

진운의 말에 김미영은 즉각 고개를 끄덕였다.

연애를 할 때부터 자주 들었던 이야기이니 말이다.

"아무래도 그 친구의 죽음이 교통사고가 아닌 것이 확실한 것 같아."

"네?"

김미영이 놀란 얼굴로 진운을 쳐다보자,

"누나, 자세한 것은 우선 안전한 곳으로 가서 모두 이야기해 줄게요. 지금 당장 모든 것을 버리고 피해야 해요."

"그게 무슨 말이야? 모든 것을 버리라니?"

대충 진운이 왜 이렇게 서두르는지 사정을 알고 있는 소지훈과 달리 마른하늘에 날벼락 같은 상황을 당한 김미영은 눈만 껌뻑거릴 뿐이다.

"누나, 아버지를 죽이고, 아버지의 친구와 아버지와 관련된 모든 사람을 죽인 녀석들이에요. 그리고 조금 전에 저도 습격을 받았어요."

"……!"

진운이 습격을 받았다는 말에 심하게 놀라는 김미영이다.

"그런 그들이 아버지의 존재를 알고 있는 아저씨와… 그 가족인 누나를 그냥 둘 리가 없잖아요."

"그야… 그렇지."

진운의 설명에 자신도 모르게 납득한 김미영은 고개를 천천히 끄덕였다.

"그래서 녀석들이 절대로 찾지 못하는 곳으로 우선 피해 있으려고 해요. 저 혼자서는 녀석들을 어떻게든 노력하면 상대할 수 있어요 하지만 아저씨와 누나, 그리고 다슬이까지 지키면서는 사실 자신 없어요."

"진아……."

김미영은 거의 울 것 같은 진운의 표정에 장난으로 생각하기에는 상황이 심각하다는 것을 깨닫고는 잠시 주변을 둘러봤다.

마치 수십 명의 사람이 와서 모든 것을 뜯어가 버린 것처럼 현재 진운이 살던 아파트에는 집기 하나도 남아 있지 않았다.

하다못해 벽에 있는 싱크대도 뜯어내 버리고 없었다.

이런 모습을 본 김이영은 자신이 아무리 여자이고 현재의 상황을 모르지만 직감적으로 진운이 아파트를 버리려고 한다는 것을 알 수 있었다.

김미영은 천천히 진운을 바라보면서,

"다시 돌아올 수 있는 거겠지?"

조심스럽게 물어보는 김미영의 물음에 진운은 단호하게 고개를 끄덕였다.

"네, 녀석들을 제가 쓸어버리고 나서 안전해지면 다시 돌아와야죠. 이곳은 제 고향이잖아요. 안 그래요?"

“······.”

진운의 말에 잠시 생각하던 김미영은 흔들리던 눈빛이 차츰 가라앉더니 곧 평정을 되찾았다.

“가자. 그곳이 어디든 진이가 우리를 사지로 몰아넣진 않겠지.”

김미영이 별다른 설명이 없었음에도 무조건적으로 자신을 믿어준다는 것에 진운은 고마워하면서,

“제 목숨을 걸어도 돼요!”

“아주 멀리 가겠지?”

“네. 너무 멀어서 제가 아니면 절대로 이곳으로 돌아올 수도 없는 곳이에요.”

“······.”

순간 진운이 아니면 돌아올 수 없는 곳이라는 말에 살짝 겁이 나긴 했지만 김미영도 한 성격 하는지라 이제 와서 겁먹고 뒤로 빼는 짓은 죽어도 할 수 없었다.

“좋아, 하지만 가져갈 게 있어.”

“네?”

진운은 이제 곧바로 차원 이동을 하려고 하는 순간 김미영이 가져갈 것이 있다고 하자 고개를 갸웃거렸다.

“아까 보니… 레이나, 거기에 얼마나 들어가?”

김미영은 완전히 냉정을 되찾았는지 레이나를 향해 물었다.

레이나는 곧 아공간을 이야기한다는 것을 알고는,

"거의 무한대에 가까워요."

"무한대라……. 굉장하네."

벌떡!

그리고는 벌떡 일어서더니,

"진아!"

"네?"

"우리 집으로 좀 가줘야겠어."

"네? 갑자기 집은 왜요?"

뜬금없이 바로 피신해도 시원찮을 판에 집으로 돌아가자는 김미영의 말에 진운이 당황하자,

"이왕 멀리 가는 거, 확실하게 다 가져가야지."

"네에?"

김미영은 레이나와 진운을 닦달하더니 자신의 집으로 가서 진운의 아파트와 같이 살림살이를 하나도 남기지 않고 싹 뜯어서 아공간에 넣어버렸다.

그리고 이렇게까지 해야 하느냐는 진운의 말에 오히려 눈에 쌍심지를 켰다.

"어디로 가는지 모르지만 여자는 살림살이가 있고 없고에 따라 엄청난 차이가 있어. 그리고 난 의사야. 집에 웬만한 약이나 치료 도구는 모두 가지고 있으니까 무조건 다 가지고 가

야 해.”

결국 거의 진공청소기로 흡입하는 수준으로 아공간에 모조리 집어넣어 버리고 나서야 김미영은 만족해했다.

그리고 갑자기 주머니에서 휴대폰을 꺼내더니,

“응, 나야.”

[원장님, 지금 어디 계세요? 예약 환자가 기다리고 있어요.]

“아무래도 나 한동안 멀리 떠나 있어야 할 것 같아.”

[네? 그게 무슨 말씀이에요, 원장님?]

“대신 네가 병원 운영 좀 하고 있어.”

졸지에 갑자기 병원 운영을 하게 된 부원장은 주변 사람들이 다 들을 정도로 소리쳤다.

[원장님!! 그게 무슨 말이에요?! 갑자기 저보고 병원 운영하라니요!!]

“아! 그렇게 됐어. 아무튼 그렇게 알고 한 몇 년 잘 운영해 봐. 혹시 알아? 내가 나중에 병원 하나 차려줄지. 그럼 수고해.”

[원장님! 그게 무슨 장난……!]

딸각!

“가자!”

순식간에 자신의 병원을 부원장이라는 후배에게 맡겨 버리는 김미영이었다.

"누나, 대단하네요."

진운은 공간이동으로 데려왔을 땐 놀라더니 빠르게 회복해 순식간에 상황을 정리하는 김미영의 모습에 솔직히 감탄했다.

김미영은 오히려 별것 아니라는 듯,

"주부는 매사에 철두철미해야 해. 특히 자식을 키우는 엄마는 더더욱."

거기서 왜 주부가 나오고 엄마가 나오는지 진운은 이해하지 못했지만, 김미영의 성격을 보면 이해가 되는 행동이긴 했다.

한번 결심하면 주위를 돌아보지 않고 돌진하는 성격이었으니 말이다.

그 성격으로 나이 차가 많이 나는 소지훈과 결혼까지 한 사람이니, 이왕 결심한 거 병원 따위는 어쩌면 별것 아닐지도 모른다는 생각이 들었다.

물론 자신의 모든 기반인 병원을 포기하는 것은 아니지만 그래도 누군가에게 이렇게 단순하게 맡겨 버리는 것은 대단하긴 했다.

갑자기 벌어진 일이지만 생각보다 빠르게 수습되자 진운은 곧장 레이나와 김미영을 데리고 소지훈이 기다리고 있는 아파트로 돌아왔다.

“……”

아이린과 어색하게 있던 소지훈은 진운이 오기만을 기다린 듯 반갑게 웃었다.

아이린은 태어날 때부터 대귀족이라는 칭호가 붙는 백작가의 외동딸로 자란 탓에 그 성격이 아직 고스란히 남아 있기에 남자를 대하는 것에 있어 약간 고압적인 느낌이 강한 편이었다.

그나마 진운은 인연이 인연이다 보니 그 느낌이 덜했다.

하지만 일반인인 소지훈에게는 본능적으로 귀족적인 태도를 유지하고 있었는데, 변호사로서 상대의 성격을 잘 파악하는 소지훈은 그러한 분위기는 본능적으로 눈치챘다.

아주 잠깐 대화를 나눠도 그 나이대 여자애 같지 않으면 느낌에 오히려 소지훈이 먼저 대화를 꺼리고 있었다.

진운과 김미영, 레이나가 잠시 자리를 비운 것은 불과 십여 분도 되지 않지만 어색한 사이끼리 남아 있는 사람들에게는 십여 분이 몇 시간처럼 느껴지는 것은 어쩌면 당연했다.

“준비는 끝난 거야?”

아직 소지훈은 김미영이 가서 집에 무슨 짓을 했는지 알지 못하고 있었다.

그저 급하게 챙길 옷이나 약, 아니면 다슬이에게 필요한 것을 챙기러 갔으려니 생각하고는 가볍게 물어본 것인데 김이

영이 그런 소지훈의 얼굴을 슬쩍 보고는,

"뭐… 부족한 건 없을 거예요."

물론 당장 부족한 게 있을 리가 없다.

레이나의 아공간에 든. 진운의 모든 생활 집기부터 시작해 소지훈의 집에서 싹 쓸어 담아온 집기들까지 합치면 몇 년 동안은 아마 도구의 부족함은 느끼지 못할 정도였다.

진운은 번갯불에 콩 볶아 먹듯 후다닥 한 가족이 대륙으로 옮기기 위한 이삿짐을 마무리하고는 허공에 손을 뻗었다.

촤르륵, 쩌억, 쩌거걱!!

"흡!!"

"…세상에!!"

레이나에게는 진운이 차원의 틈을 여는 것은 익숙한 것이었고, 아이린은 이미 자신이 그곳을 통과해 지구로 왔기에 그리 놀라지 않았지만, 소지훈과 김미영은 허공이 찢어지면서 시커먼 어둠이 나타나자 무척 놀라워했다.

특히나 벌어진 차원의 틈 사이로 보이는 어둠이 마치 보이지 않는 무언가가 혀를 날름거리는 듯한 착각을 일으켰기에 그 괴상한 모습에 놀란 다음 두려워했다.

"설마… 이 속으로 들어가자는 건 아니겠지?"

진운이 이미 굉장한 녀석이란 것은 알고 있었지만 설마 허공을 찢어버리는 능력까지 있을 줄은 몰랐던 소지훈은 느낌상 왠지 저 어둠 속으로 자신들이 들어가야 할 것 같다는 생각이 들어 물었다.

"맞아요."

역시나 언제나 나쁜 느낌은 잘 맞는 자신의 운세를 저주할 뿐이다.

"……"

김미영과 소지훈은 아무리 진운을 믿는다지만 사실 허공의 찢어진 틈으로 시커먼 어둠이 넘실대는 것을 보면서 그 속으로 들어간다는 것은 대단한 용기가 필요함을 절감했다.

놀이공원에서 자이로드롭을 타거나 제트코스터를 타는 것과는 비교 자체가 되지 않는 두려움이었으니 말이다.

놀이기구는 무섭지만 안전하다.

하지만 지금 자신의 눈앞에 있는 저 어둠은 왠지 들어가면 죽을지도 모른다는 생각이 머릿속에서 떠나질 않는 것이다.

진운도 그런 그들의 생각을 표정에서 읽었는지,

"걱정 마세요. 레이나와 전 이미 이 통로를 통해서 다닌 적이 많으니까요. 그리고 이제 우리가 갈 곳은 레이나의 고향이기도 해요."

진운이 이들을 최대한 안심시키기 위해서 레이나가 살던 곳이라고 하자, 역시나 효과가 있는지 소지훈은 레이나를 바라보면서 무언가 대답을 원하는 눈빛이었다.

─맞아요. 제가 살던 곳이에요. 그리고 그곳으로 가야만 여러분이 살아남을 수가 있어요.

레이나는 논리적으로 왜 가야 하는지를 강조했다.

그러자 확실히 레이나의 말이 설득력이 있는지 아니면 다른 이유 때문인지 모르겠지만, 김미영과 소지훈의 흔들리는 눈동자가 많이 진정되었다.

"먼저 레이나와 아이린이 들어갈 거예요. 그리고 아저씨와 누나, 그리고 다슬이가 들어가세요. 전 가장 마지막에 들어갈게요."

진운은 혹시라도 모를 기습에 대비하기 위해 자신이 가장 마지막에 들어가기로 했다.

중국 호텔에서 이미 기습을 제대로 당해본 진운은 조심해서 나쁠 게 없다는 생각에 어떻게 해야 자신들이 안전할 수 있는지에 모든 초점을 맞춘 것이다.

─그럼 저 먼저 들어갈게요.

레이나는 진정은 됐지만 역시나 소지훈과 김미영을 먼저 차원의 틈으로 들어가게 하는 것은 무리라는 생각이다.

그래서 자신이 먼저 들어가서 안전하다는 것을 보여줘야겠다는 생각에 자연스럽게 차원의 틈 속으로 들어가 버렸다.

"……!!"

"…들어갔어."

레이나가 들어가자 곧이어 아이린도 살짝 웃으면서 차원의 틈으로 들어갔다.

"이제 아저씨와 누나가 들어가야 해요 "

사실 진운은 강제로 이들을 차원의 틈 속으로 집어 던져 버릴 수도 있었다.

하지만 그랬다가는 강제로 납치하는 것과 다를 바가 없다.

특히나 소지훈과 김미영, 그리고 다슬이는 대륙으로 가서 한동안 그곳에서 살아야 한다.

얼마나 걸릴지 모르지만 진운이 적을 모두 처리해야만 지구로 돌아올 수 있는 것이다.

만약 최악의 경우 진운이 실패해서 그들의 손에 죽게 된다면 소지훈과 김미영, 그리고 다슬이는 대륙에서 계속 살아가야 할지도 모른다.

억지로 밀어붙이는 것도 정도껏 해야 하는 것이다.

그리고 지금이 바로 가장 중요한 시점이기도 했다.

지금 스스로 일어서서 차원의 틈으로 들어가지 못한다면 분명히 대륙으로 간다고 해도 곧 후회하고 힘들어할 테니 말이다.

상황이야 어찌 되었든 자기 발로 처음을 시작해야만 나중에 힘들더라도 버틸 수 있는 힘이 생긴다는 것을 알기에 진운은 이번만큼은 억지로 떠밀지 않았다.

"······."

　소지훈은 아직도 두려움이 남은 듯 쉽게 진운의 말에 일어
서지 못하고 있고, 김미영은 품에 다슬이를 안고 소지훈의 얼
굴을 쳐다보고 있다.

　그러다가 갑자기 벌떡 일어서더니,

"오빠, 내가 먼저 들어갈게."

"응? 네가?"

　소지훈은 김미영이 먼저 움직이는 모습에 놀라 벌떡 일어
서더니 그녀의 어깨를 손으로 움켜쥐고는 진운이 있는 쪽으
로 밀었다.

"무슨 소리야? 난 가장이야! 내가 먼저 들어가야지!"

　순간 욱했는지 소지훈은 곧바로 레이나와 아이린이 들어
간 차원의 틈으로 거침없이 뛰어들었다.

　방금 전까지 두려워하던 사람이라고는 생각하기 힘들 만
큼 당당하게 말이다.

"후후훗, 역시 오빠는 내 손바닥 안에 있다니까."

　김미영은 소지훈이 차원의 틈으로 사라져 버리자 웃으면
서 다슬이를 안아 들었다.

　차원의 틈으로 다가간 그녀가 진운을 돌아보았다.

"진아."

"네, 누나."

“설령 우리가 돌아오지 못한다고 해도… 오빠와 난 널 원망하지 않을 거야.”

“……”

“가족이잖아. 안 그래?”

“네, 누나.”

진운은 차마 꼭 돌아올 수 있다는 희망적인 말을 하지 못했다.

사실 자신도 얼마나 녀석들을 상대로 아버지의 비밀을 알아낼 수 있을지 자신이 없었으니 말이다.

진운은 마스터이고 마나의 적응과 각성으로 인해 초인이라고 불려도 전혀 어색하지 않을 힘과 능력을 가지고 있다.

하지만 힘이라는 것은 상대적인 것이다.

일반적인 사람과 비교했을 때 진운의 힘은 엄청난 것이지만 과학 기술과 비교하면 이야기는 완전히 달라진다.

저격 로봇만 봐도 진운의 예리한 감각과 무의식적으로 일정 공간을 언제나 감시하는 공간 장악 능력 때문에 막아낼 수 있었던 것이다.

총알을 튕겨낼 만큼 단단한 칼라드볼그를 가지고 있다는 것도 어느 정도 크게 작용했다.

만약에 일반적이 검을 가지고 있었다면?

손가락 굵기의 철갑탄을 자르려고 내려치는 순간 오히려

철갑탄과 함께 검이 부서지면서 날리는 파편으로 인해 진운은 죽음의 문턱을 넘나들었을지도 몰랐다.

겨우 저격 로봇 두 대만으로도 잠깐이었지만 궁지에 몰렸던 진운은 적을 생각 이상으로 강하다고 판단한 것이다.

"그럼 가서 봐."

김미영은 웃으면서 차원의 틈으로 다슬이를 안은 채 들어가 버렸다.

"미안해요."

진운은 뒤늦게 사과의 말을 했지만, 굳이 말하지 않아도 진운의 마음을 이미 알고 있는 김미영이다.

Chapter 03
새 로운 곳에서

　진운이 모두를 차원 너머 대륙으로 옮기기 위해 빠르게 움직이기 한 시간 전.

　진운을 습격한 저격 로봇이 있던 빌딩 옥상에 낯선 이들이 모습을 드러냈다.

　"어떻게 된 거지?"

　날렵한 이목구비, 턱수염이 뾰족한 송곳을 연상시키는 특이한 얼굴의 남자는 지금의 상황을 어떻게 해석해야 할지 난감한 표정을 짓고 있다.

　그런 그의 옆으로 검은 선글라스에 챙이 없는 모자를 쓴 남

자 하나가 다가오더니,

"치엔 대사형."

"말해봐."

치엔 대사형이라 불린 그는 부하의 어두운 표정을 보고는 왠지 나쁜 소식일 것 같다는 생각에 자연스럽게 목소리가 낮아졌다.

"2호도 사라졌습니다."

"2호도? 무슨 말도 안 되는……."

그는 믿지 못하고 혀를 내둘렀다.

이곳에 있던 저격용 로봇이 사라진 것도 골치가 아픈데, 다른 곳에 있던 로봇마저도 똑같은 일을 당했다는 것인가?

"그게… 감쪽같습니다."

"그게 가능하다고 생각하나?"

답답한 마음에 다그치듯 물어봤지만 딱히 대답을 원한 것은 아니었기에 곧바로 고개를 치엔은 고개를 돌렸다.

"도대체… 어떻게 된 거지? 그걸 가지고 사라지다니……."

한 대도 아니고 두 대가 한꺼번에 사라진 것이다.

거기다 목표였던 타깃도 멀쩡히 살아 있는 것 같기에 더욱 답답할 노릇이다.

저격 로봇에 장착되어 있는 저격 라이플은 일반 저격 라이플이 아니기에 임무가 성공했다면 필연적으로 흔적이 남을 수밖에 없다.

하지만 호텔 주변을 아무리 살펴봐도 핏자국 하나 발견하기 힘들었으니 결국 임무를 시작해 보지도 못하고 저격 로봇 두 대가 사라진 것으로 생각하는 치엔이었다.

그런데 도무지 누가 가져갔는지 알 수 없다는 게 지금 치엔의 머리를 아프게 하는 이유였다.

혹시나 해서 위성을 통해 알아보려고 했지만 때마침 다른 임무 때문에 위성이 잠시 다른 곳을 관찰하고 있었기에 그것도 실패했다.

사실 저격 로봇의 무게만 해도 거의 1톤에 가까울 만큼 무겁기도 하거니와, 치엔 자신이 설치할 때 자동 기능을 켜놓은 상태였다.

사람이 아닌 기계의 힘을 빌려 저격을 한다는 프로젝트로 완성된 저격 로봇은 이미 몇 번이나 성공적으로 임무를 마친 상태이기에 성능은 충분히 검증된 상태였다.

거기다 자동 모드는 치엔이 가지고 있는 것과 같은 인식기가 없는 자가 저격 로봇의 반경 5미터 안으로 들어오면 무조건 사살하도록 프로그램이 되어 있다.

사실상 누군가가 저격 로봇을 훔쳐간다는 것은 불가능한 일이다.

그런데 그런 저격 로봇 두 대가 감쪽같이 사라져 버렸다.

그것도 설치한 지 불과 몇 시간 만에.

"치엔 대사형, 어떻게 합니까?"

부하는 한 대에 몇 백억 하는 로봇이 사라져 버린 것이 불안한지 무언가 명령을 해주길 바라는 눈빛으로 물었다.

하지만 사실 치엔이라고 뭔가 방법이 있는 것도 아니었다.

"젠장, 도대체 어떻게 된 거야? 이걸 어떻게 회(會)에 보고하지?"

무게만 1톤에 가까운 로봇이다.

거기다 군용으로 개발했기에 그 어떤 사람이라도 저격 로봇에 접근하는 것조차 불가능한 상황에 감쪽같이 사라졌다.

이 어처구니 없는 사실을 회에 보고해야 되는 치엔은 결국 무슨 흔적이라도 찾아보라고 부하들을 닦달하는 수밖에 없었다.

하지만 그렇게 닦달해서 얻은 것이라고는 자신들이 저격 로봇을 설치했던 흔적이 전부였다.

자동 방어 기능이 있는 로봇이기에 누군가 가져갔다면 분명히 흔적이 있을 것이라는 모두의 생각이 완전히 빗나가 버린 것이다.

한마디로 한순간에 몇 백억이나 하는 로봇 두 대가 허공에 사라져 버렸다.

거기다 치엔은 본래 부하를 시켜 저격하려던 것을 취소하고 때마침 가지고 있던 저격 로봇을 사용하고 싶은 욕심에 바꿨다는 사실까지 회에 보고해야 하는 상황에 처하자 등에 식은땀이 흘렀다.

＊　　＊　　＊

"여기가?"

소지훈은 시커먼 어둠 속을 들어갔다고 생각되는 순간, 무언가 자신의 손목을 움켜잡는 느낌이 들었다.

순식간에 눈앞이 환하게 밝아지면서 완전 다른 세상이 펼쳐졌다.

분명히 자신들이 출발했던 곳은 아파트이다.

그런데 진운이 말한 차원의 틈을 지나자 끝없는 벌판과 대충 만든 듯한 흙길이 가장 먼저 눈에 들어왔다.

마치 옛날 영화에서나 보던 배경 속에 자신이 들어온 것은 아닌지 착각이 들 만큼 너무나 다른 상황이었다.

─괜찮으세요?

소지훈이 차원의 틈 앞에 서서 멍하니 있자 레이나는 급히 다가가 혹시나 이상이 있는지 물었다.

레이나의 목소리에 그제야 주변의 풍경에서 시선을 돌린 소지훈이었다.

"아니… 괜찮아요. 그보다 이건 도대체……."

살면서 정말 이상한 일을 많이 겪었다고 생각했고, 이미 나이도 먹을 만큼 먹은 소지훈은 더 이상 놀랄 일은 없을 것이라고 자부했다.

하지만 오늘만큼은 놀라움의 연속이다.

"오빠~"

"응?"

소지훈은 곧이어 김미영의 목소리가 들려 뒤를 돌아보았다.

다슬이를 안고 어둠 속에서 금방 빠져나온 김미영이 보였다.

"와! 이게 뭐야?!"

역시나 김미영도 차원의 틈을 빠져나오자마자 그림 같은 풍경에 감탄사를 연발했다.

주변을 두리번거리면서 양팔을 크게 벌리더니 크게 숨을 들이마신다.

"흐읍! 하!!"

특이한 숨 쉬기 행동을 하더니 환하게 웃으면서,

"공기 끝내주게 좋네."

매연과 여러 가지 먼지가 가득한 서울에 살던 김미영에게 대륙의 공기는 이곳의 흙먼지조차도 맑게 느껴지고 있는 듯

했다.

물론 마나가 적은 지구와 달리 대륙은 마나가 풍부했고, 과학이라는 학문 자체가 없는 곳이니 오염이라는 단어가 있을 수도 없기에 맑은 것은 당연했다.

"마음에 들어요?"

가장 마지막으로 차원의 틈을 빠져나온 진운이 김미영의 모습에 물어보자,

"살기는 좋겠네. 뭐 서울처럼 편리한 생활은 힘들겠지만 말이야."

김미영은 눈치빠르게 주변을 살펴보고는 그 흔한 전봇대 하나 없다는 것에 심하게 외진 곳이라고만 생각하고 있다.

물론 자신들의 상황이 가능하면 인적이 없는 곳으로 가는 게 좋기 때문에 이해는 하지만 전기가 없다면 왠지 고생 좀 할 것 같았기에 걱정은 됐다.

그래도 그림 같은 풍경과 맑은 공기가 처음 맞이하는 이들에게는 나름 좋은 인상을 주고 있었다.

"그럼 이제 어떻게 해야 하는 거니?"

소지훈은 잠깐 주변을 흩어보기만 해도 자동차도 보기 힘든 곳이라는 생각에 진운에게 물어보자,

"이제 급한 것은 해결했으니 하나씩 해결해 나가야죠."

"이런……."

　소지훈은 진운의 말에 한숨과 함께 너털웃음을 지으면서 진운을 바라보았다.

　방금 말로 알다시피 진운은 우선 피신하는 것만 생각했지 이곳으로 와서 어떻게 할지는 전혀 생각하지 않았던 것이다.

　사실 진운도 이렇게 상황이 급격하게 변할 줄은 전혀 예상 못했기에 최악의 상황에 소지훈과 김미영의 목숨이 위험하다고 판단되면 대륙으로 넘어가는 수단을 계획하고 있었을 뿐이다.

　사실 외형이 전부 변해 버린 진운은 자신을 알아보는 이가 없을 것이라고 생각했고, 그렇기에 느긋하게 행동했던 것이다.

　하지만 무슨 이유로 어떻게 알아낸 것인지는 아직 모르지만 진운의 존재가 들켜 버린 이상 소지훈과 김미영은 언제 어떻게 될지 모르는 목숨이다.

　상황이 이러니 막상 왔지만 무슨 계획이 있을 리가 없었다.

　─그럼 저희 마을로 가실래요?

　레이나는 어차피 자신은 고향인 엘프의 마을로 가야 하기에 의견을 물어보려는 생각에 한마디 했는데,

　“…그래도 되려나?”

　“어머, 레이나 양의 마을이라면 레이나처럼 예쁜 사람이 넘쳐나겠네?”

우즈베키스탄에 가면 한가인이 밭을 매고 김태희가 꽃을 판다는 말을 들어본 적이 있는 김미영이 농담 식으로 말하자 레이나는 씨익 웃으면서 고개를 끄덕였다.

"많은 편이죠."

"역시……."

김미영은 지금 자신들이 차원을 넘었다는 것 자체를 전혀 이해하지 못하고 있는 것이다.

그저 레이나의 고향이라는 말에 외국 어디쯤으로 생각하고 있었다.

레이나의 외모를 생각해 볼 때 미인이 많다는 러시아나 우즈베키스탄일지도 모른다고 막연히 혼자 상상하고 있을 것이다.

물론 그 상상이 사라지고 현실을 깨닫게 되는 데는 불과 이틀이라는 시간밖에 걸리지 않았지만 말이다.

크르르르르!! 크르르르르!!

"진아, 저, 저건 도대체… 뭐니?"

노숙을 하면서 걷기를 이틀 정도 했을까?

숲으로 이어져 있는 길을 따라가다 자신들의 길을 막아선 것을 보고는 김미영이 소스라치게 놀랐다.

키가 2미터는 가볍게 넘을 크기에 마치 늑대가 두 발로 서 있는 듯한 녀석들이 떼로 나타났으니 놀라는 게 당연했다.

“진운아, 도대체 저것들은…….”

소지훈도 커다란 덩치의 괴물이 잔뜩 몰려와 주변을 둘러싸자 놀라서 물었다.

하지만 아이린은 입가에 살짝 미소를 지으면서,

“걱정하지 않으셔도 돼요.”

“응? 그게 무슨 말이니?”

이 세계에 도착한 첫날, 아이린이 먼저 편하게 대해 달라고 다가갔기에 이미 어느 정도 친분이 쌓였다.

그런 그녀가 도망가기는커녕 걸음을 멈추고 레이나와 함께 가만히 진운만 쳐다보자 김미영은 이상하다는 얼굴이었다.

아이린은 너무나 태연했다.

“곧 아시게 될 거예요.”

백문이 불여일견이라고 했던가?

아무리 입 아프게 설명해 봐야 한 번 보는 것만 못하다.

아이린은 굳이 설명하기보다는 오히려 손을 뻗어 소지훈의 손을 잡아주었다.

“험.”

소지훈은 눈앞의 상황이 두려운 나머지 어린 아이린의 손을 뿌리치지 못하는 자신이 민망했는지 헛기침을 했다.

하지만 아이린이 다른 손을 뻗어 김미영의 손까지 잡아주자 입을 다물어 버렸다.

"걱정 마세요."

진운은 그저 뒤를 보며 한번 웃어주고는,

"레이나, 검!"

레이나를 향해 손을 뻗으면서 한마디 하자,

—오케이!

레이나는 웃으면서 허공을 뻗더니 아무것도 없는 허공 속에서 검을 꺼내기 시작했다.

그런데, 그게 한두 개가 아니었다.

"귀찮으니 빠르게 정리한다."

진운은 레이나가 준 검을 손에 잡자마자,

휙!

쳐다보지도 않고 던졌고,

캥!!

정확하게 진운이 던진 검은 늑대의 머리를 뚫고 박혀 버렸다.

캉!!

두 발로 서 있는 늑대, 정확한 이름은 워 울프인 녀석들은 순식간에 동료 하나가 당하자 한 녀석이 짧으면서도 강하게 울었다.

그게 신호인 듯 놈들이 동시에 몸을 날렸다.

크아앙!!

크게 울부짖으면서 울음소리로 기선을 제압하려는 듯했지
만,

씨익~

오히려 먼저 달려들어 주는 워 울프의 모습이 진운에게는
반가울 뿐이다.

"먼저 와주면 나야 고맙지."

휙휙휙휙!!

순식간에 레이나가 건네준 검이 진운의 손이 스치는 순간
사라져 버렸고,

캥!! 캥캥캥!!

검 하나가 사라지는 순간 귓가에는 워 울프의 멱따는 소리
만이 들렸다.

탁탁탁~

"끝인가?"

워 울프 20마리를 진운이 상대한 시간은 불과 십여 초에 불
과했다.

이름에서 알 수 있듯 워 울프는 전투를 전문으로 하는 몬스
터였다.

워 울프 한 마리를 상대하려면 일반 기사 두 명은 기본으로
팀을 짜서 상대하는 것이 대륙의 정설인 것을 생각해 보면 지

금 진운이 워 울프를 상대로 벌인 능력은 거의 사기에 가까웠
다.

"진운아, 너 도대체… 뭐니?"

워 울프가 뭔지, 전투에 대해서도 전혀 알지 못하는 소지훈
이 봐도 스무 마리의 괴물을 상대하는 데 걸린 시간은 비정상
적이었다.

거기다 진운은 서 있는 자리에서 한 걸음도 움직이지 않았
다.

그도 그럴 것이, 검을 던져서 늑대 떼을 따버렸으니 움직일
필요가 없었다.

이 정도면 아무리 소지훈이라도 그런 말이 나올 만했다.

"저요? 뭐, 그냥 세다고 생각하세요."

진운은 자세한 설명은 하지 않고 웃으면서 대충 얼버무렸
지만, 그런 진운의 모습에 소지훈은 고개를 흔들었다.

사실 진운이 각성을 했을 때 레이나의 말을 반 정도는 허풍
이라고 생각했던 소지훈은 어쩌면 그때 레이나가 했던 말이
오히려 많이 숨긴 것일지도 모른다는 생각을 했다.

워 울프를 상대로 너무나 태연한 모습과 정확한 판단력, 거
기다 한 치의 오차도 없이 한번 던진 검에 무조건 한 마리가
죽어 나가는 모습은 거의 신기에 가까웠으니 말이다.

그런데 그렇게 머릿속이 복잡한 소지훈은 아이린의 행동

에 할 말을 잃어버렸다.

"저거 비싼데……."

검이 관통한 늑대 머리를 보면서 아깝다는 표정을 짓고 있
다.

워 울프의 가죽은 머리부터 벗겨내는 것이 일반적이기에
머리의 가죽 상태가 가격을 결정짓는다.

하지만 지금 진운처럼 검이 완전히 관통해 버렸으니 이미
좋은 값을 받기는 틀린 것이다.

"어차피 누가 가져가겠지."

진운은 애초에 가죽을 팔아서 돈을 벌겠다는 생각이 없었
기에 별 감흥이 없었다.

지금 진운은 소지훈과 김미영, 그리고 다슬이의 안전이 가
장 최우선이었으니 워 울프의 가죽쯤은 아무것도 아닌 것이
다.

"가자."

그렇게 일개 기사단을 전멸시킬 수 있는 워 울프 떼를 쓸어
버린 진운은 가던 길을 재촉했다.

하지만 숲을 들어선 지 얼마 되지도 않아 진운은 또 멈춰
서야만 했다.

"좀 쉬었다 가면 좋겠어."

김미영이 결국 지쳐 버린 것이다.

거의 병원에만 있고 몸매 유지를 위해서 적당히 소식하는 김미영의 체력으로 지금까지 버틴 것만 해도 사실 대단했다.

소지훈도 남자라고는 하지만 이미 나이가 50이 넘었고 직업이 변호사이다 보니 체력이 좋은 편은 아니었다.

그나마 정신력으로 버티고 있던 상황에 워 울프가 들이닥치자 체력과 함께 정신력까지 녹초가 되어버렸다.

―오늘은 여기서 쉬었다 가죠.

진작에 김미영과 소지훈이 지쳐 가고 있다는 것을 알고 있던 레이나는 곧바로 엘프 특유의 감각을 이용해서 야영하기 가장 좋은 곳을 찾아냈다.

그곳으로 모두가 옮겨서 앉자마자 일제히 퍼지기 시작했다.

"에구, 죽겠다. 무릎에 발에……."

첫날엔 걷는 것 외에는 이동 수단이 말이 유일하다는 소리를 듣고 레이나의 아공간에서 트레킹화를 비롯해서 트레킹복까지 꺼내서 입은 상태이지만, 나이 앞에 장사 없는 듯 소지훈은 앉자마자 졸린 눈을 참기에도 벅차 보였다.

김미영도 졸음이 쏟아지는지 등을 기대고 앉아 꾸벅꾸벅 졸다가 몸이 살짝 움직이면,

"아, 아파라."

온몸의 근육이 비명을 지르는지 앓는 소리가 쉬지 않고 터

져 나왔다.

―역시… 무리였나.

레이나가 진운을 슬쩍 바라보면서 한마디 하자,

"아무래도 두 분 다 나이도 있지만 지금까지 살면서 이처럼 며칠 동안 걷기만 한 적도 없을 테니 말이야."

사실 창창한 나이에 가는 군대에서도 행군을 하고 나면 온 삭신이 쑤신다.

그런데 그런 행군에 비교될 만큼 엄청난 거리를 걸었으니 오히려 지금까지 버틴 게 고마운 진운이다.

하지만 문제는 이제부터였다.

체력이 바닥나고 근육통에 온몸의 관절에서 비명을 지르는 두 사람을 이대로 계속 데리고 가는 것은 무리였으니 말이다.

―우선 내가 마법으로 해결할게.

레이나는 가능하면 자신의 힘을 드러내지 않으려고 했지만 대륙으로 넘어온 이상 굳이 숨겨야 할 이유도 없기에 이쯤에서 마법을 보여주기로 했다.

끙끙 앓고 있는 김미영에게 먼저 다가간 레이나는 양손을 앞으로 내밀면서,

―힐링(Healing).

하고 말하자,

팟!

푸른빛이 그녀의 손바닥에서 뿜어져 나오더니 곧 김미영의 몸속으로 스며들기 시작했다.

"어? 이건?"

처음에는 레이나가 뭘 하는지 몰라 하던 김미영은 그녀의 손바닥에서 푸른빛이 튀어나오더니 곧 자신의 몸속으로 사라지는 것에 놀라서 허둥지둥하며 벌떡 일어섰다.

"레이나, 이게 뭐니?"

아이린과 말을 편하게 트면서 레이나와도 말을 튼 김미영이 다급하게 물어보자,

—이제 아픈 곳은 없죠?

"응?"

김미영은 무슨 뜻인지 모를 레이나의 말에 고개를 갸웃거리다가 순간 자신이 서 있다는 것을 깨달았다.

"어머? 아프지 않아."

방금 전만 해도 졸다가 허리가 살짝 움직이기만 해도 화들짝 잠이 깨버릴 만큼 온몸이 비명을 질러댔는데 지금은 전혀 아픈 곳이 없었던 것이다.

폴짝폴짝!

혹시나 싶어 제자리에서 몇 번 뛰어본 김미영은 무릎이 너무나 멀쩡하다는 것에 놀란 눈으로 레이나를 바라보자,

─마법이에요.

"마… 법?"

─설명은 나중에 할게요.

뭔가 설명을 요구하는 듯한 김미영의 눈빛에 돌아선 레이나는 소지훈에게 가서도 똑같이 힐링을 시전했다.

소지훈도 벌떡 일어서더니 허둥지둥했다.

"뭐지, 이건?"

팔을 힘껏 돌려보고 허리도 움직이던 소지훈은 조금 전까지 비명을 지르던 몸이 멀쩡해진 것에 놀라 레이나를 쳐다보았다.

김미영이 품에 다슬이를 안고 레이나 곁으로 다가왔다.

"다슬이도 해줘. 어린애가 얼마나 힘들겠어."

김미영은 어른인 자신들도 참다 참다 결국 퍼져 버렸는데 어린 다슬이가 조용히 있는 것이 너무나 대견스러웠다.

─…….

하지만 레이나는 왠지 다슬이를 보는 표정이 그리 좋아 보이지 않았다.

"왜 그러세요?"

또랑또랑한 눈으로 레이나를 쳐다보면서 말하는 다슬이의 모습에 래이나는,

─아니겠지.

혼잣말처럼 작게 중얼거린 뒤 다슬이에게도 힐링 마법을
시전해 주었다.

"어때? 몸이 안 아프지?"

김미영은 마법이 끝나자마자 품으로 안아 든 다슬이를 보
면서 웃었고, 소지훈도 어느새 다가와 다슬이를 보고 있었다.

입양했지만 지금 소지훈과 김미영의 모습을 보면 누가 봐
도 다슬이를 배 아파 낳은 자식으로 볼 만큼 이미 두 사람은
부모가 되어 있었다.

하지만 그런 자애로운 미소를 보인 두 사람도 곧 호기심을
참지 못하고 레이나에게 마법에 대해 물어보기 시작했다.

애초에 아이처럼 호기심이 많고 왈가닥 기질이 강한 김미
영은 레이나가 어디 가지도 못하게 손목을 붙잡고 꼬치꼬치
캐물었다.

그렇게 레이나가 두 사람에게 잡혀 있는 모습을 조금 떨어
진 곳에서 가만히 지켜보던 진운은 입가에 미소를 지었다.

"다행이네."

누구라도 당황스럽고 쉽게 적응하기 힘든 지금의 상황에
소지훈과 김미영은 오직 자신을 믿는 마음 하나로 꿋꿋이 버
티며 천천히 적응하고 있었다.

그 모습이 너무나 고마웠다.

"대단한 분들이네요."

아이린도 진운의 옆으로 슬쩍 다가와 말했다.

"그렇지?"

그저 말로만 가족이라고 떠드는 보통의 사람들과는 완전히 다른 것이기에 진운은 저들을 위해서 자신의 복수도 뒤로 미룰 수 있었다고 생각했다.

하지만 아직 문제가 모두 해결된 것은 아니었다.

"이제 어떻게 하실 건가요?"

아이린도 지금의 상황이 임시방편이란 것을 알고 있기에 진운에게 물었다.

진운은 나무에 등을 기대고 앉아서 하늘을 바라봤다.

"모르겠어. 지금 이 상태로 두 분을 이곳에 두고 내가 다시 지구로 돌아갈 수는 없는 상황이니까."

보기에는 참 평화롭고 영화에서나 볼 법한 멋진 풍경이 눈만 돌리면 널려 있는 곳이 대륙이다.

하지만 그건 겉으로 봤을 때나 그런 것이었다.

오늘만 해도 워 울프가 떼로 나타났고, 도적떼도 있었다.

아니, 오히려 지구보다 더 위험할 수도 있는 곳이 대륙인 것이다.

이곳에서는 힘이 모든 것의 중심이기에 약해서 죽는 것은 누구에게 하소연할 수도 없다.

그런데 이런 곳에 평생 공부만 하다가 변호사가 된 소지훈

과 의사로 살아온 김미영을 그냥 두고 다시 지구로 돌아가는
것은 말도 안 되었다.

만약에 진운이 지구로 돌아갔을 때 이곳의 시간이 멈춘다
면 걱정 없이 지구로 돌아갈 수도 있다.

아니, 오히려 잠깐 기절시킨 다음 대륙의 안전한 곳에 두고
지구의 일이 모두 해결된 뒤 조용히 본래 있던 곳에 데려다
놓는 방법도 있다.

하지만 진운이 대륙으로 차원 이동할 때 지구의 시간이 멈
추는 것과 달리 대륙은 진운이 차원 이동을 해도 영향을 전혀
받지 않으니 골머리가 아플 수밖에 없는 것이다.

"엘프들이라고 해서 모두 친절하다는 보장도 없어요."

아이린은 슬쩍 레이나의 고향으로 가는 것이 최선의 방법
이 아니라고 말하자 진운도 조용히 고개를 끄덕였다.

엘프와 인간은 전혀 다른 종족이다.

그런 곳에 소지훈과 김미영이 잘 적응할 수 있을까?

사실 이건 첫날 레이나가 자신의 고향으로 가자는 말을 꺼
냈을 때부터 진운이 생각하고 있는 것이기도 했다.

당장에야 엘프의 마을이 안전할 수도 있었다.

하지만 그건 말 그대로 당장의 안전일 뿐이다.

애초에 종족이 다르다는 것은 문화와 사고방식이 다르다
는 말도 된다.

"진운."

"응?"

진운이 아이린의 목소리에 고개를 돌리자 뭔가 생각이 있는 듯 다부진 그녀의 눈동자가 보인다.

"본 경과 세론 경을 찾아주세요."

"……?"

뜬금없이 그녀의 기사를 찾아달라는 말에 진운이 선뜻 대답을 하지 않자 아이린은 말을 이었다.

"진운이 없는 상황에 저 두 분을 지켜줄 사람이 필요한 건 어쩔 수 없는 현실이에요. 그건 진운도 같은 생각이죠?"

또박또박 말하는 아이린의 말에 진운도 자연스럽게 고개를 끄덕였다.

진운이 곁에 있든 없든 우선적으로 소지훈과 김미영의 곁에는 최소한 검을 제법 다룰 줄 아는 사람이 꼭 필요했다.

이왕이면 소지훈이 검을 배웠으면 좋겠지만, 그러기에는 그의 나이가 너무 많다.

진운은 소지훈에게 검을 가르친다는 것은 애초에 포기하고 있었다.

그리고 무식하게 배운 진운이기에 딱히 누굴 가르칠 수도 없는 입장이었다.

"전 진운이 지구로 가면 따라가야 해요. 아직 그랜트 자작

의 눈이 남아 있는 상황에 제가 저 두 분의 곁에 있는 건 오히
려 위험을 크게 만들 수 있으니까요.”

진운도 아이린을 이곳에 두고 갈 생각은 없었다.

애초에 소지훈과 김미영이 대륙에 있기에 지구의 위험으
로부터 100% 안전한 것과 마찬가지로, 아이린도 진운과 같이
지구로 넘어가는 것으로 인해 이곳에서부터 100% 안전하니
말이다.

좋든 싫든 아이린은 지구로 진운과 같이 가야만 했다.

아무리 가능성이 낮은 위험이라도 적을수록 좋다.

“믿을 수 있고, 실력이 되고, 무엇보다 만약의 사태에도 저
두 분을 지킬 수 있을 만큼의 경험을 가진 사람은 제가 생각
하기에 본 경과 세론 경이 유일해요.”

사실 진운도 아이린의 말을 듣기 전까지는 용병이라도 고
용해 볼까 생각한 적이 있다.

하지만 레이나가 고개를 저으면서 말했다.

—용병은 돈에 움직이는 사람들이야. 그만큼 위험할 수도
있으니까 용병은 고용하지 않는 게 좋아.

진운은 그녀의 말에 미련없이 머릿속에서 용병은 지워 버
렸다.

사실 달리 뾰족한 수단과 방법이 없는 진운에게 아이린의
말은 확실히 매력적이긴 했다.

　모든 것을 잃어버린 아이린을 따라 끝까지 남아 있던 기사는 본과 세론이라는 단 두 명의 기사뿐이다.

　아무리 기사가 명예를 중요하게 생각한다지만 그건 이야기 속에서나 나오는 것이다.

　아이린을 습격했던 기사단장만 봐도 결국 사람이기에 자신의 이득에 따라 마음이 움직이는 것을 명백히 보여줬으니 말이다.

　우선적으로 가장 믿을 수 있는 자들이 필요하다는 조건에 아이린이 말한 본과 세론이라는 기사는 무조건 합격점인 것이 진운의 마음을 크게 흔들었다.

　거기다 본의 실력은 진운도 잘 알고 있다.

　상대가 자신이었기에 본이 어린애같이 약해 보일 뿐이지, 본도 엄연히 마나를 다룰 줄 아는 단계에 올라서 있는 기사이다.

　사실 본이 나이가 어려서 그렇지 배신했던 기사단장보다 조금만 일찍 백작가에 들어왔더라면 그가 부단장이었을 것이다.

　그만큼 실력도 진운이 원하는 수준에 올라 있는 것이다.

　다만 세론이라는 기사를 아직 본 적이 없기에 조금 저어됐지만, 아이린의 황당한 명령도 의심 없이 실행했을 정도면 본만큼 아이린을 믿고 따른다는 것은 확실해 보였다.

“흠……..”

진운이 잠시 조용히 생각하다가 나지막하게 소리 내는 모습을 본 아이린은 지금 진운이 자신의 말을 진지하게 받아들이고 있다고 생각하고는,

“진운.”

“……?”

“본 경과 세론 경을 찾으면 제가 무조건 두 분을 목숨을 걸고 지키라고 부탁해 보겠어요. 대신 한 가지 부탁만 들어주세요.”

“부탁?”

진운은 벼랑 끝에 몰려 있는 아이린이 소지훈과 김미영의 안전을 담보로 조건을 내거는 모습에 살짝 기분이 상하긴 했지만 이해는 했다.

자존심 강한 귀족 영애로 살아온 아이린이 협상이라는 카드를 꺼낼 만큼 그녀의 상황이 절박하다는 것을 자신도 알고 있으니 말이다.

진운 자신이라도 같은 상황이었다면 당연히 그랬을 것이다.

보통 이런 협상의 경우 대부분 가문을 찾을 때 도움을 달라든지, 아니면 그랜트 자작을 죽여 달라든지 하는 부탁일 것이라고 생각하는 진운이다.

하지만 막상 아이린의 입에서는 전혀 다른 말이 나왔다.

"본 경과 세론 경에게 진운의 검술을 알려주세요."

"내 검술을?"

자신이 아니라 기사들을 위해서 부탁하는 아이린의 모습에 조금 고개를 갸웃거리자 아이린은 미소를 살짝 지었다.

"그들은 저 때문에 모든 것을 버렸어요. 저도 최소한 그들을 위해 무언가는 해야 한다고 생각해요."

"진심이군."

진운은 각성으로 깨우친 자신의 감각으로 아이린이 진심으로 기사들을 위해서 부탁하고 있다는 것을 느꼈다.

하지만 그런 아이린의 모습을 본 진운은 나직하게,

"그들이 영원히 너의 곁에 있을 것이라고 생각하나?"

조금은 냉정하지만 너무나 현실적인 질문을 던졌다.

아이린은 순간적으로 눈동자가 흔들렸지만 곧 천천히 가라앉히면서,

"어쩌면 마스터에 오르면 제 곁을 떠날지도 몰라요. 아니, 마스터가 몰락 귀족에 아무것도 없는 제 곁에 있을 리가 없죠. 그게 현실이니까요."

굳이 진운의 말이 아니라도 아이린도 속으로 혹시나 나중에 그들이 마스터가 된다면 자신의 곁을 떠날지도 모른다는 것을 생각하고 있었던 것이다.

"하지만… 그것과 이건 별개의 문제예요."

"별개?"

아이린이 무슨 말을 하는지 궁금한 진운이 조용히 그녀를
바라보자,

"지금 제가 하는 부탁은 본 경과 세론 경이 마지막까지 제
곁에서 목숨을 걸고 지켜준 것에 대한 저의 개인적인 보답의
의미니까요."

"훗."

진운은 아이린의 대답에서 귀족 특유의 자존심을 느낄 수
가 있었다.

스스로 백작위를 버릴 정도로 과감한 그녀이지만 자신의
자존심만큼은 쉽게 버릴 수가 없었던 것이다.

"낭만적이군."

진운이 단 한 마디로 아이린의 생각을 꼬집어주자,

"알아요. 저도 제가 그렇다는 걸."

잘 알고 있다는 듯 웃으면서 잠시 먼 산을 바라보던 아이린
이 조용히 진운을 돌아보았다.

"진운은 왜 저분들을 지키려고 애쓰는 거죠?"

아이린의 질문에 진운은 0.1초의 망설임도 없이,

"가족이니까."

라고 대답하자 아이린도 웃으면서,

"저도 같아요. 본 경과 세론 경이 현재 제게 남은 유일한 가족이니까요. 그래서 전 제 마지막 자존심과 그들을 위한 부탁을 바꾸는 거예요."

"……."

진운은 가만히 바라보다가 씨익 웃더니 손을 들어 그녀의 머리를 마구 헝클어뜨리기 시작했다.

"어머, 왜 이러는 거예요?"

가뜩이나 며칠 동안 흙먼지로 인해 엉망이 되어 있는 자신의 머리를 서슴없이 손으로 헝클어뜨리는 진운의 행동에 놀라서 아이린이 뾰족하게 말했다.

"억지로 강해질 필요는 없어."

"네? 그게 무슨 말이에요?"

순간 진운이 마치 자신을 꿰뚫어 보는 듯한 말을 던지자, 당황한 아이린이 고개를 돌렸다.

"힘들면 울고 지치면 주저앉고, 그래도 너무 막막하면… 손을 내밀어봐."

"그게… 무슨 말이에요? 전 약하지 않아요."

무언가 들킨 듯 당황한 목소리의 아이린이었지만 진운은 왠지 그런 아이린이 대견스러워 보였다.

여리고, 작고, 아직 성인도 되지 않은 여자애이지만 그녀는 이미 한 사람의 독립 귀족으로서도 전혀 손색이 없는 대범함을 지니고 있었다.

하지만 그래도 결국은 어린애였던 것이다.

"마스터가 되고, 되지 않고는 그 두 사람의 몫이야. 그건 알고 있지?"

"네!"

아이린은 금방 환하게 웃으면서 진운에게 대답했다.

순간 진운은 그녀가 활짝 웃는 모습을 처음 본 것 같다는 생각을 했다.

그 어떤 가식도 없이 아이린 본연의 표정이 그대로 살아나 있는 것 같은 느낌을 받은 것이다.

"그런데 무슨 수로 찾을 거야, 그 두 사람을?"

진운은 번뜩 생각나서 아이린에게 물어보자 아이린도 난감한 표정을 지었다.

Chapter
04
찾아라

“그게… 그건 저도 아직 마땅한… 방법이……”

영리하다고 해도 경험이 적은 아이린은 두 사람을 찾아야 한다는 것은 알고 있지만 딱히 어떻게 찾아야 할지 방법이 떠오르는 게 없었다.

그리고 그건 진운도 마찬가지였다.

지구에서 살다 온 진운이 이곳이 어떻게 돌아가는지 알 리가 없으니 말이다.

하지만 가만히 생각하던 진운은 문득 판타지 소설에서 본 것이 기억나 아이린에게 물었다.

“혹시 정보 길드가 이곳에도 있어?”

“정보… 길드요?”

아이린은 진운의 말에 놀란 표정으로 진운을 쳐다보았다.

“진운이 정보 길드의 존재를 어떻게 알아요?”

“그야 정보가 모든 것을 움직이는 보이지 않는 칼이니까. 그리고 지구에서는 정보가 곧 힘이라는 말이 있을 정도로 정보가 중요하거든. 물론 판타지 소설에도 거의 단골 메뉴로 나오는 게 정보 길드이기도 하지만.”

아이린의 반응을 보니 이 세계에도 정보 길드가 있기는 한 모양이었다.

하지만,

“그게… 정보 길드의 존재는 알아도 어디에서 어떻게 접촉하는지는 저도 알지 못해요.”

“응? 뭐, 지부나 그런 거 없어? 술집이나 그런 곳을 중심으로 해서 말이야.”

일반적인 판타지 소설에서 정보 길드라면 술집이라는 공식이 거의 당연한 듯 정해진 루트였기에 물어보자 아이린은 그런 진운의 말에 피식 웃었다.

“진운, 그건 소설 이야기예요.”

“응? 왜?”

"생각해 봐요. 정보 길드에서 취급하는 정보의 90%가 귀족에 관한 것이에요. 일반적인 평민의 정보를 취급해 봐야 몇 푼 벌지도 못하는데 그런 것에 매달릴 이유가 있을까요?"

진운은 아이린의 말을 듣자 왠지 맞는 말 같았다.

"그런데 권력이 강한 귀족일수록 뒤가 구린 편이에요. 그랜트 자작만 봐도 그래요. 승작에 자신의 모든 것을 거는 귀족이 그 사람뿐이라고 말할 수 없으니까요. 그런데 그런 그들의 숨기고 싶은 정보를 알고 있는 정보 길드가 버젓이 누구나 쉽게 알 수 있도록 운영할 것 같아요?"

아이린의 말에 진운은 아차 하고, 너무 쉽게 생각했다는 것을 깨달았다.

"현재 정보 길드의 규모나 어디에 있는지, 어떻게 접선해야 하는지 아는 사람은 아마 손가락에 꼽을 정도로 적을 거예요. 아버님도 정보 길드의 존재를 소문으로 듣긴 했지만 실제로 어떻게 해야 이용하는지는 전혀 모르고 계셨으니까요."

"흠, 그렇단 말이지."

제국의 백작위를 가진 귀족조차 소문으로만 들을 정도로 은밀하고 알려진 것이 없다는 정보 길드를 진운이 찾아서 본과 세론을 찾는 데 이용한다는 것은 거의 로또 1등 당첨될 확률보다 낮아 보였다.

"그럼 정보 길드는 포기해야겠군."

진운이 너무나 깨끗하게 포기하자 아이린은 나직하게 한숨을 쉬었다.

만약에 진운이 정보 길드를 고집한다면 여러모로 곤란해질 수도 있으니 말이다.

막말로 진운의 능력에 찾으려고 한다면 못 찾을 것도 없을 것이다.

여섯 번째 마스터가 나타났다는 것만으로도 이미 대륙이 들썩이고 있는데, 그런 진운이 대충 휘젓고 다니면 정보 길드에서 먼저 접근할 수도 있으니 말이다.

진운이 소속이 없다는 것을 정보 길드가 모를 리가 없으니 어떻게든지 최대한 접촉을 하려고 할 건 뻔했다.

하지만 그건 다르게 생각하면 소지훈과 김미영이 위험할 수도 있다는 말도 되었다.

저번까지는 진운에게 약점이 없었던 것과 달리 지금은 소지훈과 김미영이라는 약점이 있다.

정보 길드 녀석들이 그걸 그냥 둘 리도 없고, 만약 아이린이 생각한 대로 상황이 그렇게 된다면 정보 길드와 대륙의 여섯 번째 마스터가 전쟁을 하는 최악의 상황이 벌어질 가능성도 충분했다.

"그럼 방법은 하나뿐인데……."

진운이 나직하게 말하자 아이린은 대답하듯,

"용병 길드에 의뢰하는 것을 생각한 거죠?"

정확하게 진운의 생각을 읽고 대답하는 아이린의 모습에 진운은 고개를 끄덕였다.

"정보 길드를 이용하지 못하는 상황에 사람을 찾는 가장 가능성이 높은 방법은 용병 길드에 의뢰하는 것밖에 없으니까. 지구라면 사람 찾는 여러 가지 방법이 있지만 여기는 아직 그게 한계이니까 별수 없지."

진운이 입맛을 다시면서 안타까운 듯 말하자 아이린도 고개를 끄덕였다.

사실 아이린도 그동안 있으면서 책을 보고 여러 가지 문물을 접하면서 과학의 발달이 가져다주는 엄청난 변화에 매일 놀랐었다.

생각하면 대륙에서의 삶은 거기에 비하면 오히려 지루할 정도다.

특히나 인터넷이라는 것은 전 세계를 하나로 연결시켜 주는 엄청난 네트워크라는 것에 아이린은 가장 놀라고 부러워했다.

만약에 대륙에도 인터넷이 있었다면 그랜트 자작의 비열한 수법이 성공할 리도 없거니와 성공했다고 해도 뒤집을 수 있는 방법이 많았을 것이다.

하지만 가질 수 없는 것에 미련을 가지는 바보 같은 짓을 할 만큼 아이린은 어리석지 않았기에 금방 머릿속에서 그런 사실을 지웠다.

"그럼 진운은 사람이 가장 많이 움직이는 곳에 머물러야 해요."

"하긴."

진운은 자신이 생각해도 아이린의 말이 틀린 것이 하나도 없었다.

그러면서 순간적으로 아이린이 만약에 여왕이 된다면 과연 그 나라는 얼마나 재미있는 나라가 될까 하는 생각이 들자 자신도 모르게 피식 웃어버렸다.

"왜 웃어요? 제 생각이 별로예요?"

아이린은 진운이 멍하니 자신을 보다 피식 웃자 자신의 생각이 진운이 생각한 것보다 못한 것 같다고 여겨 물었다.

"아니야. 아이린의 생각이 가장 좋은 방법인 건 나도 동의하니까."

"그럼 방금 왜 웃은 거예요?"

본래 진운이 잘 웃는다는 것을 알고 있는 아이린이지만, 대부분 그런 진운의 웃음에는 어떤 의미가 있었기에 물어본 것이다.

“그냥… 문득 엉뚱한 생각이 들어서.”

“엉뚱한 생각이요?”

“응. 만약에 아이린이 나라를 세우거나 여왕이 되면 그 나라가 참 재미있을 것 같다는 생각이 들어서.”

“헙!!”

진운의 시답지 않은 엉뚱한 상상을 들은 아이린은 목부터 시작해서 얼굴은 물론 귀까지 시뻘겋게 변하더니,

“제, 제가 왜 여, 여왕이 된다는… 거예요? 그게… 무슨 말도 안 되는…….”

너무나 당황해서 말까지 심하게 더듬는 아이린의 모습에 진운은 손사래를 치더니,

“그래서 엉뚱한 상상이라고 했잖아.”

“한 나라를 다스리는 왕이라는 것이… 그렇게 쉬운 게 아니에요.”

자신이 생각해도 방금 자신의 반응이 부끄러웠는지 고개만 돌린 게 아니라 이번에는 완전히 진운에게 등을 보이고 돌아앉은 아이린은 한참을 그렇게 가만히 있었다.

하지만 그런 아이린의 반응에 진운은 왠지 그런 아이린이 귀엽다는 생각이 들었다.

어린애답지 않은 판단과 결단력을 가진 아이린이기에 귀엽다기보다는 대단하다는 인식이 강했던 지금까지와 전혀 다

른 모습이 의외로 귀여운 매력이 있어 보였던 것이다.

"자, 계획한 것을 모두에게 알려야지?"

진운은 아직도 등을 돌린 채 앉아 있는 아이린을 일부러 뒤로하고는 레이나에게 집요하게 질문 공세를 펼치고 있는 김미영과 소지훈의 곁으로 다가가 설명을 시작했다.

처음에는 왜 용병 길드를 찾아야 하고, 어째서 자신들이 무작정 연락을 기다려야 하는지 그들은 전혀 이해를 못했다.

결국 진운과 레이나는 처음부터 천천히 이곳이 지구와 전혀 다른 곳이라는 것을 하나씩 이해시키는 아주 지루하면서도 끈질긴 노력이 필요했다.

결국 어느 정도 이해를 시키는 데 성공했다.

다만,

"…여기가 지구가 아니라고?"

"오빠, 이걸 어떻게 받아들여야 하는 거예요?"

차원 이론부터 패러렐 월드 등등 진운이 알고 있는 모든 지식을 동원해서 논리적으로 설명하면서 레이나가 일부러 마법까지 보여주는 쇼를 펼쳤기에 이해시켰지, 그냥 말로만 했다면 아마 며칠이 걸리더라도 불가능했을지도 몰랐다.

물론 워 울프와 맞닥뜨린 것이 어느 정도 많은 역할을 한 것도 사실이다.

한동안 김미영과 소지훈은 서로를 바라보면서 이야기를 나누는 듯하더니 그래도 변호사와 성형외과 전문의로서 좋은 머리를 가지고 있어서 그런지 한번 이해하자 의외로 쉽게 받아들였다.

"…원래 저렇게 빠른 건가?"

진운은 의외로 빠르게 현실을 받아들이는 모습에 문득 이런 생각이 들었다.

드라마나 영화를 보면 대부분 머리 좋은 사람들은 자기고집이 강하고 쓸데없이 자기주장만 내세우다 죽는 경우가 많다.

그러나 현실에서는 머리 좋은 사람이 적응도 빠른 경우가 더 많다.

그래도 한시가 바쁜 그들의 입장상, 이해가 빠른 것은 좋은 일이다.

확실히 이해가 빠른 만큼 판단도 빠른지 끝없이 이어질 것 같은 행군이 조만간에 끝난다는 것을 기뻐하는 두 사람이었다.

하지만 그런 기쁨을 실제로 느낀 것은 그로부터 일주일이나 지나서야 가능하리라는 것을 그때 두 사람은 모르고 있었다.

*　　　*　　　*

“이야, 사람 진짜 많네.”

소지훈은 돌과 흙, 그리고 몬스터라는 이름의 녀석들을 제외하고는 거의 처음으로 이곳 대륙에서 사람을 만난 것에 기뻐하면서도 선뜻 발걸음을 옮기지 못했다.

“…도대체… 뭐라는 거지?”

소지훈은 영어와 일어, 그리고 약간의 중국어도 할 줄 알았다.

하지만 이곳의 언어는 지구와는 전혀 다른 체계의 새로운 언어였다.

결국 아무런 말도, 행동도 하지 못하고 사람들이 지나갈 때마다 목각 인형처럼 멍하니 서 있기만 했다.

김미영도 상황이 똑같긴 마찬가지였다.

사실 행군만으로도 힘들어하는 그들에게 대륙공용어를 가르친다는 것은 절대 불가능한 일이었다.

공부가 제대로 될 리가 없다는 생각에 일부러 가르치지 않았던 것인데 이제 마을에 도착했으니 본격적으로 대륙공용어를 배워야 할 때가 온 것이다.

그런데 멍하니 서 있는 소지훈과 김미영 사이에 있던 다슬이가 혼자 걸어 나가더니 길 가던 여자에게 다가가는 것이 아닌가?

"다슬아!"

"다슬아!!"

당연히 아직 어린애라서 아무것도 몰라서 저러는 것이라는 생각에 김미영이 서둘러 다가갔다.

그러나 다슬이를 데려오려던 그 행동은 몇 발 앞에서 멈춰졌다.

"아줌마, 여기 여관이 어디 있어요?"

"여관? 여관이라면 이대로 걸어가면 마을 끝자락에 모여 있단다."

"네, 감사합니다."

스스럼없이 대륙 사람과 이야기를 하더니 웃으면서 소지훈과 김미영의 곁으로 돌아오는 것이 아닌가.

"다슬아?"

"응? 왜, 엄마?"

"방금… 어떻게… 대화한 거니?"

"응? 몰라. 그냥 되던데?"

대륙공용어를 익히는 것은 각성으로 뇌를 100% 사용할 줄 아는 진운도 제법 시간이 걸렸다.

그리고 이곳으로 차원 이동하고 나서 진운과 레이나, 그리고 아이린은 단 한 번도 대륙공용어를 사용한 적이 없다.

그러니 다슬이가 대륙공용어를 알고 있다는 것 자체가 말이 안 되는 것이다.

"……."

진운은 다슬이가 서슴없이 다가가 대화하는 모습에 심하게 놀랐다.

그건 아이린도 마찬가지였다.

레이나는 다슬이를 보는 눈빛이 노골적으로 경계하는 모습으로 변해 버리기까지 했다.

―진운, 도대체 다슬이는…….

레이나가 슬쩍 진운에게 한마디 했지만 우선은 그게 중요한 게 아니기에 진운은 슬쩍 고개를 흔들면서 레이나의 말을 막았다.

"나중에 생각하자. 용병 길드에 본과 세론을 찾는 의뢰를 하고 나서 기다리는 동안에도 시간은 많으니까."

―알았어.

레이나는 진운의 눈빛에서 그도 다슬이를 이상하게 느끼고 있다는 것을 알고는 순순히 물러났다.

확실히 지금까지 진운은 다슬이를 그저 어린애로 보고 있었다.

바로 그 시선이 달라지고 있었다.

사실 대륙공용어는 영어와 불어, 그리고 프랑스어가 섞여 있는 듯한 느낌이 강한 언어이다.

거기다 글은 아예 완전히 새로운 체계가 잡힌 글자였기에 한국 사람이 일본어와 영어를 배우듯 교재를 통해 배울 수 있는 게 아니었다.

아니, 대륙공용어를 배우는 교재가 있지도 않았으니 사실상 배운다는 개념 자체가 없는 것이나 다름없었다.

글자도 단 스무 개로 모든 언어를 표현하는 특이한 방식이었기에 진운도 입이 트여서 말을 하는 것은 쉽게 되었지만 글자에서 난감한 적이 한두 번이 아니었다.

사실상 스무 개의 글자로 모든 언어를 표현하는 게 가능하겠냐는 질문을 한다면 진운은 서슴없이 고개를 끄덕일 것이다.

왜냐하면 실제로 지금 대륙에서 그렇게 사용하고 있으니 말이다.

웃긴 건 같은 글자를 덧대어 쓰거나 크기를 조절하고 심지어 뒤집어쓰기도 하면서 20개의 글자로 모든 언어를 표현하는 것이다.

그러다 보니 대륙공용어는 언어를 배우는 건 생각보다 쉬운 편이지만 글자를 배울 때는 거의 머리를 쥐어뜯는 게 이곳 대륙의 사람들에게 하나의 상식으로 퍼져 있다.

용병들도 세세한 표현까지는 모르고 그저 의뢰를 주고받

을 정도의 글자만 아는 정도이다.

그런데 지금 진운의 눈빛이 날카롭게 변한 것은 어린애로만 보고 있던 다슬이의 억양 때문이었다.

모든 언어는 그 특유의 억양이 있게 마련이고, 그것은 배운다고 되는 게 아니다.

진운이야 뇌를 깨우쳤기에 레이나의 말투를 따라 하면서 배웠지만 다슬이는 절대로 불가능했다.

"진운, 다슬이는… 도대체 누구예요?"

아이린마저도 너무나 능숙하게 대륙공용어를 사용하는 다슬이의 모습에 충격을 받은 상황이었으니 소지훈과 김미영은 오죽하겠는가.

그렇게 생각했는데,

"어쩜 이렇게 머리가 좋을 수가! 그죠, 오빠?"

"그러네. 확실히 다슬이는 머리가 좋은 것 같아. 학교에서도 구구단을 한 번에 외웠다고 칭찬을 들었다잖아."

"역시 딸 하나는 잘 얻었어요, 우리가."

"암, 그렇고말고."

다슬이가 대륙공용어를 한다는 것에는 눈곱만큼도 이상함을 느끼지 못하는 소지훈과 김미영이었다.

"……"

진운도 방금 그들의 반응에 조금은 당황했고,

"저기… 지구의 부모들은 모두 저런가요?"

아이린은 지구의 모든 부모가 지금 소지훈과 김미영처럼 반응하는지 정말 궁금해서 물어보았지만 대답을 들을 수는 없었다.

아무리 자식으로 받아들였다지만 저렇게 철저하게 의심 하나 없이 다슬이를 받아들일 수 있는지 참으로 대단하다는 생각뿐이다.

"그럼 레이나와 아이린은 묵을 곳을 찾아줘. 난 용병 길드 로 가서 본과 세론을 찾는 의뢰를 하고 갈게."

―알았어.

레이나는 다슬이 때문에 딱히 내키지는 않는 표정이었지 만 현재 이곳의 리더는 암묵적으로 진운이었기에 조용히 따 르기로 했다.

그렇게 진운은 모두를 먼저 보내고 잠시 주변을 살펴보다 가 쉽게 용병 길드를 찾아 향했다.

아직 아르돈 제국 안에 있기에 사람의 왕래가 많았고, 당연 히 용병이 많은 곳이라 그런지 이곳의 용병 길드 지부의 규모 도 꽤 큰 편이었다.

딸랑~

진운이 마치 서부시대의 주점에 있는 중간만 가린 문을 연 상시키는 나무로 만든 문을 밀고 들어가자 즉각 방울 소리가

울렸고,

“어서 오세요. 용병 길드 팬 지부입니다.”

라는 사무적인 말투를 들을 수 있었다.

하지만 사무적인 말투와 달리 진운을 맞이한 것은 꽤나 미인이라고 부를 만한 여자였다.

“무슨 일이죠?”

눈동자에서 감정이 느껴지지 않는 모습에 진운은,

“의뢰를 하려고 합니다.”

하고 말하자,

탁!

대답도 없이 용지 한 장과 깃털로 만든 펜을 진운에게 내미는 것이다. 그리고는 입을 열어,

“의뢰 내용, 사례금 액수, 의뢰 유효 기간을 적어주세요.”

필요한 것만 말하고는 다시 자리에 앉아버렸다.

그녀가 앉자 놀랍게도 진운의 키가 작은 편이 아닌데도 방금까지 이야기하던 여자의 모습이 보이지 않았다.

“그러죠.”

나직하게 뒤늦은 대답을 한 진운은 몇 번 끼적거리더니 금방 작성을 끝내고,

“끝났습니다.”

라고 말하자 새하얀 손이 쑤욱 올라왔다.

그 손이 진운이 내민 용지를 집더니 그녀가 사라진 곳으로 같이 사라져 버렸다.

그런데 곧 그녀의 손이 다시 올라왔다.

"……?"

"접수비와 사례금을 주세요."

용병 길드는 의뢰를 소개해 줄 때도 소개비를 미리 받는 것이 규칙이듯 의뢰를 받을 때도 접수비와 의뢰에 관련된 금액을 모두 미리 받는 것이 규칙이었다.

그래야 나중에 뒷말이 나오지 않고, 서로 의뢰하는 쪽이나 의뢰 받는 쪽이나 깔끔하게 끝나니 말이다.

간단하게 말하자면 인터넷 쇼핑몰에서 물건을 살 때 돈을 쇼핑몰에 입금하고 나중에 물건을 받으면 쇼핑몰이 판매자에게 돈을 다시 주는 중간 역할을 용병 길드가 하고 있는 것이다.

대륙의 일반적인 생활을 보면 확실히 쓸데없이 돈 나가는 것 같은 느낌을 받을 수 있지만 인터넷 쇼핑몰 덕분에 이런 시스템이 오히려 익숙한 진운은 레이나에게 받은 돈을 그녀의 손에 올려주었다.

돈이 스윽 사라지더니,

"감사합니다. 또 오세요."

라는 말만 들을 수 있었다.

“그럼.”

진운도 굳이 용병 길드에 용무가 없기에 뒤돌아 나가다가 뭔가 낯익은 것이 보여서 걸음을 멈췄다.

“…….”

시커먼 색으로 칠한 머리카락과 날카로운 코, 샤프한 턱 선이 왠지 언뜻 보면 누군가 장난친 것 같은 그림이지만 이상하게 진운은 낯익었다.

그때,

“이번에 대륙에서 모습을 나타낸 여섯 번째 마스터의 포스터예요. 의뢰를 수행할 생각이 있으면 접수비와 함께 소개비를 주시면 됩니다.”

고개도 들지 않고 정확하게 진운이 멈춘 곳을 알고 있는 듯 여자의 목소리가 들렸다.

진운은 왜 이 발로 그린 듯한 엉성한 그림이 낯익은지도 이해가 되었다.

바로 자신의 얼굴이었다.

특히 이곳 대륙에는 검은색의 머리카락을 가진 사람의 숫자가 아주 극소수라고 들은 기억이 있고, 용병 길드라고 하지만 쉽게 볼 수 없는 머리색이었으니 당연히 진운의 시선을 끌었다.

“훗.”

자기 자신을 찾는 데 소개비와 접수비까지 낼 이유가 없기에 진운은 웃어버리고는 그대로 용병 길드를 나섰다.

그런데 진운이 나간 지 몇 분이 지났을까?

스윽~

진운을 상대했던 접수대의 그녀가 자리에서 일어나더니 한동안 진운의 초상화를 쳐다보았다.

그러더니,

씨익~

미인이란 소리를 들을 그녀의 입술이 살짝 움직이면서 미소를 짓더니,

"파이론."

나직하게 누군가의 이름을 부르자 정확하게 천장에서 그녀의 옆으로 커다란 두건으로 얼굴을 말아서 눈만 겨우 보이는 남자가 떨어졌다.

"마스터, 부르셨습니까."

"방금 나간 남자에 대해서 알아와."

"네, 마스터."

스르륵.

그녀의 명령이 끝나자 나타났을 때와는 반대로 바닥으로 스며들 듯 사라져 버렸다.

그렇게 부하가 사라지자 그녀는 혀로 자신의 입술을 슬쩍

핥으면서,
　"설마… 제 발로 찾아올 줄은 몰랐는걸, 여섯 번째 마스
터."
　마치 먹잇감을 발견한 맹수의 눈빛으로 변한 그녀였다.

Chapter
05 적응

　—일찍 왔네?

　레이나는 여관을 잡아서 이제 막 올라가려는데 진운의 기척이 느껴져 고개를 돌려보니 정말 진운이 여관 문 앞에 서 있었다.

　"응, 뭐, 간단하던데?

　—그래? 뭐, 그럼 잘된 거고.

　레이나도 용병지부는 개성 강한 곳이 많아 이곳도 쓸데없는 절차를 무시하는 용병 길드 지부려니 생각하고는 대수롭지 않게 넘겼다.

─우선 10일로 생각하고 미리 돈 지불했어.

레이나는 그동안 자신의 경험으로 미뤄보아 용병 길드에서 별다른 말이 없으면 거의 장기전으로 가야 한다는 것을 알기에 여관을 10일 동안 사용하기로 한 것이다.

용병 길드를 통해서 사람을 찾는 것은 시간이 오래 걸리는 경우가 많은데, 지금 진운이 하는 것은 반 정도는 운에 맡기는 것이기도 했다.

레이나도 10일 동안 마냥 기다릴 생각은 아니었다. 용병 길드를 이용하는 방법이 거의 유일하다시피한 방법이긴 하지만, 그렇다고 성공 확률이 높은 것도 아니다.

가능하다면 다른 방법을 알아볼 생각으로 10일이라는 기간을 정한 것이다.

"다른 데 알아보게?"

진운도 레이나의 생각을 아는 듯 물어보자,

─응, 아무리 헤어진 곳이 아르돈 제국령 안이지만 수행을 떠난 기사가 어디로 어떻게 움직였을지는 아무도 모르니까 말이야.

하이엘프로서 수행을 위해 인간 세상을 여행한 경험이 있는 레이나는 자신의 경험과 일반적인 여행자들의 행동을 모두 종합해 봐도 단기간에 본과 세론을 찾는 것은 거의 불가능하다고 생각하는 중이다.

“하긴 별수 없지.”

진운도 그런 레이나의 생각에는 동의했다.

문명 발달의 기본이 되는 숫자는 물론이고 거리를 재는 단위조차 없는 이곳에서 빠른 통신을 기대하는 것 자체가 잘못된 것이니 말이다.

—이건 진운의 방 열쇠야.

방 배정도 레이나가 한 듯 소지훈과 김미영, 그리고 다슬이는 어차피 한 가족이니 당연히 한 방에 배정했고 레이나와 아이린이 같은 방이었다.

마지막으로 진운은 혼자 4인용 방 하나를 통째로 쓰게 되었다.

“이거 미안한데?”

혼자 큰 방을 차지한 것에 슬쩍 농을 섞어서 진운이 말하자,

—미안할 거 없어. 진운의 방에서 소지훈 씨와 김미영 씨에게 대륙공용어를 가르칠 거니까.

“그럼 그렇지.”

다른 건 몰라도 무언가 계획하고 움직이는 것에는 꼼꼼한 엘프의 특성을 그대로 가지고 있는 레이나가 진운이 편하라고 4인실짜리 큰 방 하나를 통째로 준 게 아닌 것이다.

—김미영 씨는 내가, 소지훈 씨는 진운이. 알겠지?

"그래, 알았어."

레이나는 이번에 확실하게 투맨으로 한 명씩 맡아서 말하는 것부터 철저하게 가르칠 생각이었다.

진운과 레이나, 그리고 아이린은 결국 늦든 빠르든 지구로 다시 돌아가야 했으니 가장 기본이 되는 대륙공용어는 무조건 가르쳐야만 했다.

선택이 아닌 필수인 이상 독하게 가르칠 것 같지만 진운은 사실 자신이 소지훈을 가르치는 게 과연 가능할지 생각해 보고는 고개를 흔들었다.

상대는 법대를 나와 평생을 공부만 한 사람이다.

그런 사람을 가르친다는 게 웃기는 상황이기도 했지만 현실이 그렇게 흘러가는 것이 더 웃겼다.

아무튼 우선 여행의 피로를 풀기 위해 진운도 자신의 방으로 들어갔다.

그런데 들어가자마자,

벌컥!

"진아!!"

"응?"

갑자기 문이 열리면서 김미영이 울 것 같은 얼굴로 진운에게 달려온 것이다.

"왜 그래요?"

"벌레가, 벌레가… 행진하는 것을 봤어. 그것도 줄을 맞춰서. 나 여기서 못 잘 것 같아."

"아, 벌레……."

김미영이 우는 원인이 바로 벌레라는 것에 진운은 자신이 이곳에 처음 와서 여관에서 첫날밤을 보낸 것을 생각하고는 충분히 이해가 되었다.

남자인 자신도 침대 위에서 벌레와 들쥐가 서로 랑데부하는 모습에 창문 밖으로 나와 지붕에서 잘 생각을 했는데, 여자인 김미영에게는 아마 온몸에 소름이 돋았을 것이다.

"진아! 어떻게 좀 해줘! 이대로는 못 자! 어른인 나도 이렇게 진저리나는데 다슬이는 지금쯤 아마 공포에 떨면서 엄마를 찾고 있을 거야! 분명해!!"

"……."

공포에 떨고 있을 딸을 그곳에 두고 이곳에 온 엄마가 할 소리는 아닌 것 같았지만 굳이 그걸 입 밖으로 끄집어내진 않는 진운이었다.

그래도 혹시 몰라 김미영을 데리고 그녀가 머무는 방으로 가보니, 웬걸?

"……."

"호호호, 애가 참, 그런 걸 만지면 안 된다고 했는데. 호호호호호!"

다슬이는 양손에 벌레를 집어 들고 환하게 웃으면서 놀고 있었다.

소지훈은 다슬이가 벌레를 만지고 노는 줄도 모르고 침대 위의 벌레를 털어내느라 정신없었다.

한평생 깔끔한 아파트에 살던 사람들이 위생이라는 개념은 눈 씻고 찾아봐도 없는 대륙의 여관에서 이 난리를 치는 것은 진운도 충분히 이해가 가지만,

"누나, 다슬이 손에서 벌레부터 좀… 어떻게 해야겠네요."

진운은 소지훈과 김미영 때문이 아니라 벌레를 가지고 노는 다슬이 때문에라도 이대로는 안 되겠다는 생각이 들었다.

"진아, 네가 좀 하면 안 되니? 난 벌레라면… 딱 질색인데. 특히나 저건… 너무 커."

김미영은 다슬이라면 껌뻑 죽는 사람이지만 역시나 벌레는 정말 싫은지 진운의 뒤에 슬쩍 숨어버리기까지 했다.

"알았어요."

결국 진운이 나서서 다슬이 손에서 벌레를 뺏어냈다.

다슬이를 김미영에게 데려다 주자 그녀는 복도 끝에 마련된 대야에 가서 한참 동안 다슬이의 손을 씻겨주었다.

"이 무슨 난리인지, 나 참."

진운은 벌써부터 여러 가지 문제가 나타나자 난감한 표정이었는데, 거기에 소지훈까지 가세했다.

"진운아, 여긴 도저히 안 되겠다. 먼지도 먼지지만 쥐까지 있는 것을 보면 이곳에서 자다가는 오히려 병에 걸리겠어."

아파트에서 살던 사람이 갑자기 달동네 판자촌의 단칸방보다 못한 곳에서 자야 한다는 것은 확실히 무리다.

진운도 그 점을 이해하기에 결국 레이나를 불러왔다.

"레이나, 부탁할게. 클린 마법으로 정리하고 텐트와 침낭 좀 꺼내줘. 나머지는 내가 알아서 할게."

ㅡ그래? 알았어.

레이나의 클린 마법 한 방에 메케한 먼지와 벌레가 한 방에 사라졌다. 덤으로 쥐도 도망가 버렸다.

진운이 침대를 한쪽에 밀어놓고 방 중앙에 텐트를 치더니 야전침대를 펴고 침낭까지 깔아주자,

"역시! 우리 진이밖에 없다니까!"

김미영은 너무나 좋아했고, 소지훈도 크게 표현하진 않지만 마음에 들어하는 듯했다.

다슬이가 진운의 곁으로 다가와 자그마한 주먹을 진운을 향해 쑤욱 내밀고는 엄지손가락을 살며시 펴더니,

"삼촌 최고!"

라고 말하고는 그대로 김미영의 곁으로 쪼르르 달려갔다.

“훗.”

대륙공용어를 마음대로 할 줄 아는 다슬이의 모습이 너무
나 이상하긴 했지만 이럴 때 보면 영락없는 꼬맹이에 불과했
다.

“하지만… 한번 물어봐야겠지. 레이나와 함께.”

어린애 특성상 다그치는 것도 불가능했고 말로 설득하는
것은 더더욱 진운에게 무리였기에 레이나의 힘을 빌릴 생각
이었다.

엘프가 가진 진실의 눈을 통하면 다슬이가 거짓말을 하는
지 아닌지 정도는 굳이 다그치지 않아도 알 수 있을 것이기
에, 진운은 그렇게 심각하게 생각하진 않았다.

“…비린내.”

“질겨.”

“엄마, 이거 맛없어.”

자는 문제를 해결하니 이번에는 먹는 데 또다시 문제가 생
겼지만 이것만큼은 진운도 어떻게 해줄 수 없었다.

결국 레이나의 아공간에서 향신료를 꺼내주는 걸로 대충
달랬다.

‘그냥 무인도에 데려다 놓을 걸 그랬나.’

대륙에서의 생활을 제대로 시작도 안 했는데 벌써 문제투
성이다.

진운은 차원 너머 대륙이 아니라 그냥 같은 지구의 어딘가, 무인도 같은 곳에 둘 걸 하고 잠깐 후회했다가 이내 그런 생각을 지워 버렸다.

완전히 신분을 세탁한 진운의 존재를 알아낸 녀석들이다.

얼마나 방대한 정보력을 가지고 있는지 상상조차 불가능한데, 그런 녀석들이 무인도에 소지훈과 김미영을 숨긴다고 찾지 못할까?

진운은 아니라고 판단했다.

시간이 걸릴 뿐이지 그들이라면 얼마든지 찾아낼 수 있을 것이다.

진운이 아니라 일반적인 사람이라도 사람 찾을 때 가장 유용한 것이 무엇이냐고 묻는다면 몇 명은 인공위성이라고 대답하는 사람이 있을 것이다.

거기다 저격용 로봇을 만들어 진운을 저격할 정도의 권력까지 가지고 있는 놈들이 인공위성으로 사람 하나 찾는 것이 뭐가 어렵겠는가?

"이곳이 가장 안전해."

사람의 눈동자 색깔까지 구분이 가능한 군사 위성이 하늘에 떠다닌다는 것은 이미 알 만한 사람은 다 아는 비밀이다.

거기다 진운의 유일한 약점이자 어떤 상황에서도 위험에 처해서는 안 되는 가족이기에 괴롭더라도 살아남기 위해서는 어쩔 수 없는 선택이자 적응이라고 진운은 스스로 위로하기로 했다.

물론 갑자기 끌려온 소지훈과 김미영은 이미 얼굴이 죽을 상이 되었지만 그래도 실제로 죽는 것보다는 낫지 않느냐는 진운의 말에 울며 겨자 먹기로 납득했다.

거기다 한 가지를 더하자면,

"뭔 말이 이래?"

김미영은 레이나와 일대일로 대륙공용어를 배우기 시작한 지 10분 만에 투덜거리기 시작했다.

하지만 의외로 소지훈은 언어 쪽에 재능이 있는지 진운이 가르치는 족족 잘 따라 했다.

불과 세 시간 정도 흘렀을 뿐이지만 소지훈은 물건이나 사물, 기본적인 인사와 약간의 제스처 등을 섞으면 어느 정도 대화가 가능한 수준까지 올라갔다.

하지만 김미영은 여전히 헤매고 있었다.

오죽했으면 다슬이까지 김미영의 곁에 붙어서 앵무새처럼 레이나가 한 말을 따라 하면서 조금이라도 도움이 되려고 노력하겠는가?

"아, 진짜 내가 왜 이 나이에 공부를 해야 하는 거냐고!!"

결국 폭발해 버린 김미영은 어린애처럼 투정도 부리고 떼를 쓰기도 했지만,

"그럼 벙어리, 귀머거리처럼 이곳에서 살 거예요?"

하는 진운의 한마디에 입이 오리 주둥이만큼 튀어나왔다.

하지만 달리 수가 있겠는가.

결국 레이나와 마주 보면서 다시 배우기 시작했다.

"누나."

"왜?"

이미 삐칠 대로 삐친 김미영은 진운의 말에도 쏘아붙이듯 대답했다.

"피할 수 없으면 즐기라는 말이 있어요."

찌릿!!

"……."

괜히 기분 풀어주려고 농담했다가 살기등등한 김미영의 눈빛 공격을 받은 진운은 슬그머니 고개를 돌렸고, 소지훈도 모른 척했다.

"남자 둘이서 아주 쌍으로 나를 놀리고 있어. 이씨! 두고 봐. 내가 대륙공용어인지 대륙공룡인지 익히고야 말 테니!!"

뜻하지 않게 김미영의 자존심을 건드려 버린 진운은 어쨌

든 간에 공부하는 열의를 불태우는 계기를 만들어주게 되었
다.

하지만 역시나 아무리 열의를 불태워도 재능 앞에서는 소
용이 없었다.

3일째 되는 날.

떠듬거리긴 해도 대화가 어느 정도 이루어지기 시작한 소
지훈과 달리 김미영은 아직도 단어 외우기에서 벗어나지 못
하고 있었다.

레이나는 오히려 소지훈을 보면서 놀라워했다.

대륙공용어가 사실 언어는 쉬운 편이고 글은 어렵다고 하
지만 그건 대륙 사람들의 기준에서 그런 것이다.

한평생 다른 곳에서 살다 온 소지훈이 3일 만에 진운과 어
색하고 더듬거리기는 하지만 대화가 통한다는 것은 대단한
재능이라고 인정할 수밖에 없었다.

하지만 그런 소지훈의 모습에 심통이 난 김미영은,

"쳇, 오빠는 역시 말로 하는 것은 타고났다니까."

라고 말하면서 투덜거리기 시작했다.

사실 김미영이 둔한 게 아니라 소지훈이 레이나도 놀랄 만
큼 언어 쪽에 재능이 좋았을 뿐이다.

본래 뭐든지 대상이 있으면 비교되게 마련이다.

솔직하게 김미영이 속도도 결코 느린 편은 아니었으나, 너

무 빠른 소지훈과 있다 보니 비교가 되어 느려 보이는 것이다.

그런 차이는 9일째가 되면서 확연하게 드러났다.

모르는 단어가 있긴 하지만 아는 단어는 알아서 조합해서 대화를 하는 소지훈이었다.

물론 김미영은 이제 단어에서 벗어나 레이나와 인사를 나누는 수준이고 말이다.

"……."

진운은 그런 모습을 가만히 지켜보다가 순간 소지훈이 모차르트이고 김미영이 살리에르라는 생각이 잠깐 들었다.

평생을 모차르트의 재능을 질투하면서 살아가다 결국 죽는 순간까지 모차르트를 한 번도 이겨보지 못한 비운의 천재가 바로 살리에르이다.

지금 딱 소지훈과 김미영의 모습이 그렇게 보였으니 말이다.

대륙공용어를 배우기 시작한 첫날은 괜찮았는데 둘째 날부터 차이가 나기 시작하자 은근히 김미영이 질투하기 시작한 것이다.

그런데 그게 9일째인 오늘에서는 거의 극에 달했다.

혼자 비련의 여주인공처럼 바닥에 넘어지면서 우는 척도하고, 다슬이를 껴안고는,

“엄마는 바보였나 봐.”

라며 계속 중얼거리는 것이다.

그러면 다슬이는 작은 손으로 김미영의 어깨를 두드려 주면서 위로한다.

“엄마는 바보가 아니야. 의사가 바보일 리 없잖아. 학교 선생님이 그랬어. 의사는 정말 공부 잘하는 사람들만 하는 거라고.”

“…그래? 그래, 그렇지. 난 의사지. 그래, 의사야.”

벌떡!

그렇게 다슬이에게서 위로를 얻고 다시 공부를 시작하는 행동이 반복되는 중이다.

“저기 아저씨.”

진운은 그런 김미영의 모습에 슬쩍 소지훈에게 대륙공용어로 물었다.

“누나 원래 저런 성격이었어요?”

차마 대놓고 물어보면 또 삐치고 난리칠 것이 뻔하니 아직 김미영이 모르는 대륙공용어를 사용해서 물어본 것이다.

처음에는 몇 가지 모르는 단어가 나와 대답을 망설이던 소지훈은 곧 알아채고는,

“진운아, 네가 그동안 몰라서 그렇지 집에서 자기 좋아하는 음악이 나오면 속옷 차림에도 춤추는 성격이란다.”

"…네."

소지훈의 말에 진운은 조용히 입을 다물고 말았다.

　10일이 지났다.

　예상한 대로 용병 길드에서는 어떠한 말도 없었다. 레이나
나 모두가 예상한 대로 장기전으로 갈 조짐이 뻔해 보였다.

　그들은 상의하여 여관을 나오기로 했다.

　얼마나 시간이 더 걸릴지 모르는데 여관에 계속 머물기보
다는 차라리 마을 외곽에 집을 얻는 게 좋겠다는 판단에서였
다.

　그래서 진운과 레이나가 움직여 집을 구했고, 모두 그 집으
로 옮긴 것이 11일째 되는 날이었다.

　"뭐, 지저분하지만 그럭저럭 괜찮네."

　사람의 왕래가 거의 없으면서도 몬스터가 전혀 나오지 않
는 곳을 찾느라고 나름 애를 먹은 듯 집의 위치는 알고 있지
않는 이상 찾아오는 게 불가능해 보일 정도로 외진 곳이었
다.

　어차피 아직 대륙의 사람들이 어색한 소지훈과 김미영
때문이라도 마을 안에 집을 얻는 것은 포기한 상황이었고,
혹시나 진운의 정체가 드러나면 소지훈과 김미영이 귀찮아
질 수도 있으니 몬스터와 사람이 없는 곳으로 자리 잡은 것

이다.

“그럼 정리들 하고 있어. 난 그래도 어떻게 되어가는지 물어보고 올 테니까.”

진운은 이곳에 살 사람들이 알아서 정리하도록 내버려 두고는 혼자 다시 마을로 돌아왔다.

크게 기대를 하진 않았지만 그래도 용병 길드에 의뢰를 했으니 경과는 살펴봐야 했다.

이곳의 일 처리가 거의 문서나 사람의 기억력에 의존하다 보니 자주 찾아가서 귀찮게 해야지 의뢰가 묻히지 않고 움직여 주는 편이다. 용병 길드라고 크게 다르지 않다.

“과학이 발달하면 그만큼 편하지만 몸이 나빠지고, 과학이 없으면 없는 만큼 몸은 건강하지만 그만큼 피곤하구만.”

편지와 발로 뛰는 이곳의 생활에 적응되려면 아직 한참은 멀어 보이는 진운이었다.

사실 굳이 이곳 생활에 적응하고 싶은 생각도 없었기에 딱히 관심이 없었던 것도 사실이다. 그것도 소지훈과 김미영이 이곳으로 오기 전까지는 말이다.

그러면서 오랜만에 어느 정도 정신적으로 여유가 있는지 마을 어귀에 앉아 버린 진운이다.

딱히 용병 길드에 급하게 가야 하는 것도 아니기에 우선은 그동안 미뤘던 생각을 한 번은 정리해야 계획을 세우는 데 편할 것 같았다.

"문제는 나를 어떻게 찾아냈느냐 하는 것인데……."

아무리 생각해도 적들이 어떻게 진운을 정확하게 찾아냈는지 알 수 없었다.

신분 세탁부터 모든 환경까지 누가 봐도 의심할 것이 없는 조건을 만들어 놓은 상황에서 습격을 받았다는 것은 진운이 누군지 확실히 알고 있다는 말밖에 되지 않는다.

혹시나 얼굴에 변하기 전의 흔적이 남아 있는지 가까운 개울에 비춰봤지만,

"내가 봐도 어색한 얼굴이네."

진운 스스로가 봐도 너무나 달라져 버린 자신의 얼굴이다.

소지훈과 김미영도 진운이 각성하는 장소에 같이 있지 않았다면 아마 평생 알아보지 못했을 정도다.

그만큼 완전히 체형과 골격, 그리고 얼굴 생김새가 바뀌어 버린 것이다.

"얼굴이나 외형적인 것은 아니야."

몇 번을 생각하고 레이나와 아이린에게 의견을 구해봤지만 모두 외형적인 모습으로 옛날의 진운을 찾아내는 것은 불가능하다는 대답뿐이었다.

"그럼 뭐지?"

　신분 세탁도 거의 완벽하다 싶을 만큼 해버렸고 어디 의심할 만한 곳도 없다.
　레이나와 진운이 둘이서 머리를 맞대고 며칠 동안 고민하면서, 바벨의 탑에서 얻은 정보까지 포함해 감쪽같이 신분을 바꿨다고 생각하고 있었으니 말이다.
　"흔적이 남은 것은 아니야."
　예전의 진운이 마지막으로 모습을 드러낸 것은 아버지의 유골이 있는 납골당이다.
　그리고 그후 3년 동안 바벨의 탑에서만 생활하면서 모든 외부와의 연락을 끊어버렸으니 아마 예전의 진운은 이미 죽은 사람 아니면 실종 처리되어 주민등록도 말소되었을지도 모른다.
　주민등록 말소는 말 그대로 문서상으로 없는 사람이 되어버리는 것이다.
　"도대체 뭘까? 어떻게 나를 찾았지?"
　딱히 자신의 주변에 누군가 얼씬거린다는 느낌도 받지 못한 진운이다.
　마스터의 감각을 피해서 누군가 접근한다는 것 자체가 불가능했고, 레이나가 가지고 있는 엘프 특유의 감각과 촉, 느낌을 피할 수는 없는 노릇이니 말이다.
　아마 영화에 나오는 유명한 첩보원인 007이 와도 진운은 접근하기도 전에 알아차렸을 것이다.

마나의 적응을 마치고 마스터에 오른 진운의 감각은 본인이 제어하지 않아도 알아서 본능적으로 위험을 감지하는 능력이 특별하게 발달해 있다.

저격 로봇이 쏜 총알을 감지한 것만 봐도 마스터라는 존재가 얼마나 민감하고 예리한지 충분히 알 수 있다.

"뭘까? 도대체 뭘까?"

거의 몇 시간 동안 마을 어귀에 앉아 하늘을 보며 머리를 굴려봐도 도무지 답이 없는 상황에 진운은 다시 일어섰다.

"직접 부딪쳐서 물어보는 게 빠르겠네."

사실 김아영의 경우도 있고 해서, 혹시나 마신의 능력을 빌려 쓰는 사람이 녀석들 중에 있어 자신을 알아챘을지도 모른다는 생각도 들었다.

하지만 그렇다고 하기에는 게티아의 반응이 너무나 조용했다.

아무튼 생각하면 할수록 왜, 어떻게, 무엇으로 하는 질문만 머릿속을 맴돌 뿐이기에 진운은 지쳐 버렸다.

진운은 힘이 빠진 듯 터덜터덜 걸러 용병지부 안으로 들어섰다.

"어서 오세요."

처음 의뢰를 접수할 때 보았던 그녀가 환하게 웃으면서 진운을 맞이했다.

그런데 미녀의 웃음을 본 진운의 눈빛이 오히려 차갑게 변하기 시작했다.

"의뢰 진행 상황을 알고 싶은데요."

조금은 딱딱한 말투의 진운이었지만 그녀는 시종일관 웃으면서,

"네, 잠시만요."

그러더니 무성의하게 손님을 상대하는 것이 무엇인지 확실하게 보여줬던 첫날과 달리 마치 다른 사람이라도 된 것처럼 행동하는 그녀의 모습에 진운은 뭔가 다른 느낌이 들었다.

'마나의 파동이 달라.'

의뢰를 신청할 때 그녀와 단둘이 있었기에 진운은 우연치 않게도 그녀의 마나 파동을 기억하고 있었다.

살아 있는 생명체, 마나를 가지고 있는 생명체라면 그 어떤 존재라도 특유의 마나 파동을 가지게 마련이다.

사람마다 지문과 성격이 다르듯 마나의 파동도 전부 제각각이다.

마나가 적은 지구에서는 진운이 일부러 집중하고 알아봐야 알아챌 수 있지만, 이곳 대륙은 마나가 너무나 풍부하기 때문에 자연스럽게 마나의 파동을 느낄 수 있었다.

　아무리 생김새가 같고, 행동이 같고, 목소리가 같아도 마나의 파동만큼은 결코 같을 수가 없었다.

　일란성 쌍둥이도 지문이, 하다못해 DNA까지 같은 경우가 있지만 마나의 파동만큼은 타고나는 것이 아니라 살아오면서 자연스럽게 익숙해지는 것이기에 절대로 같을 수 없었다.

　"여기, 진척 상황입니다."

　작은 메모지 한 장을 진운에게 내미는 그녀의 모습에 진운은 슬쩍 곁눈질로 메모를 확인했다.

　아직 찾는 중.

　짧은 문장이었지만 이것만으로도 최소한 용병 길드에서 의뢰를 수행하고 있는 중이라는 것은 확실하니 1차적인 목적은 달성했다.

　그리고 이제 두 번째, 지금 진운 앞에서 웃고 있는 그녀.

　아무리 봐도 그때 그녀가 맞다.

　눈썰미가 좋은 진운은 웬만하면 사람의 얼굴을 잘 기억하는 편이기에 찬찬히 살펴봤지만 역시나 복사한 것처럼 같은 얼굴이다.

　"데이트 신청을 해도 전 받아들이지 않습니다."

진운이 조용히 자신을 쳐다보자 자신의 얼굴에 혹해서 군침 흘리는 녀석쯤으로 생각한 그녀가 딱 잘라 한마디 하자, 잠시 생각하다가 말없이 몸을 돌리는 진운이었다.

그가 용병 길드를 나섰다.

"……."

하지만 이상하게 뭔가 찜찜한 기분을 떨쳐낼 수가 없었다.

어떻게 보면 직원의 태도가 변했을 뿐이라고 가볍게 넘길 수도 있는 일이지만, 진운의 감각이 무언가 이상하다는 신호를 보내고 있다.

지금까지 이런 찜찜한 기분이 느껴질 때면 꼭 뭔가 일이 터졌기에 진운은 슬쩍 고개만 돌려 용병 길드 안쪽을 살폈다.

하지만 자기 일에 집중하는 듯 서류에 눈을 박고는 그녀는 고개 한번 들지 않고 있다.

"민감한 건가?"

습격부터 시작해서 소지훈과 김미영을 데리고 대륙으로 넘어오기까지 너무나 숨 가쁘게 진행되다 보니 자신이 조금은 민감해졌다는 생각이 들긴 했다.

특히나 지금까지처럼 여행 오는 기분으로 온 대륙이 아니었기에 사실 신경이 조금은 곤두서 있는 것도 사실이다.

우선은 아직 뭐라고 딱 꼬집어 판단할 만한 것이 없기에 진운 특유의 성격대로 그러려니 하고는 용병 길드를 벗어나 마을 대로를 걸었다.

얼마나 걸었을까.

웅성웅성, 웅성웅성.

조금 전과 달리 마을의 분위기가 많이 어수선해져 있었다.

사람들이 시끄럽게 떠들기 시작하더니,

"물러나라!! 물러나라!!"

확성기에 대고 소리치는 듯한 엄청난 고함 소리가 진운의 귓가에 들렸다.

어지럽게 웅성거리던 사람들이 곧 양쪽으로 갈라지기 시작했다.

"……?"

진운은 크게 궁금하진 않지만 굳이 사람들이 갈라서고 있는 대로 중앙에 혼자 서 있을 생각은 없기에 자연스럽게 사람들 틈에 슬쩍 끼어들었다.

그는 자신의 기척을 감추면서 조용히 녹아들어 갔다.

마나를 자유자재로 다루는 마스터만이 가진 능력으로 마나의 활동을 최대한 억제해서 기척을 감추는 것과 동시에 사람의 시선을 돌리는 기술을 사용한 것이다.

딱히 특별한 기술은 아니지만 마나에 적응한 마스터만 할 수 있는 마스터만의 기술이기도 했다.

살아 있는 생명체는 무의식적으로 강하다고 생각되는 것에 시선이 끌리게 마련이다.

어린애보다 어른에 시선을 더 두는 것도 어린이보다 어른의 마나가 강하기 때문이고, 길가의 돌멩이보다 살아서 움직이는 벌레에게 시선이 향하는 것도 무생물인 돌멩이보다 살아 있는 벌레의 마나가 더 강하기 때문이다.

기척을 죽이는 것은 바로 이런 것을 역이용하는 기술이다.

자신의 마나를 임의로 억제해서 주변의 어린애보다 작게 만들어 버리는 것이다.

그럼 당연히 진운은 있으면서도 사람들이 쉽게 인식하지 못하는 사람이 되어버린다.

약한 것에 굳이 시선을 두지 않기도 하지만, 그렇게 스치듯 지나가는 사람을 기억한다는 것은 거의 불가능하니 말이다.

이윽고 먼 곳에서 다가오는 일단의 말발굽 소리가 들려왔다.

다그닥다그닥! 다그닥다그닥!

'기사단?

붉은색의 갑옷을 걸친 기사단이었다.

가장 선두에는, 금색의 띠를 두른 머리가 두 개 달린 커다란 독수리 문양이 그려진 깃발을 세워 들고 있었다.

그들이 마을을 가로질러 어디론가 향하고 있었다.

기사단 고유의 문양이나 인식을 위한 표식을 가지고 있다는 것은 최소 백작 이상의 작위를 가진 귀족의 기사이거나, 아니면 왕실 직속 기사단밖에 없다는 사실을 아이린에게 들은 적이 있는 진운은 강렬한 붉은색이 특이하긴 했지만 그게 전부였다.

딱히 기사라는 존재에 로망이 있거나 좋아하는 편이 아닌 진운은 그냥 지나가는 기사단 녀석들로 생각하고 슬쩍 발길을 옮기려고 했다.

그러나 그들이 멈춰 서는 곳을 보고는 진운도 걸음을 멈췄다.

'용병 길드?'

Chapter 06
인연이라는 것이

　용병 길드 앞에 멈춰 선 30명의 기사단 전원이 말에서 내렸다.

　그들이 그대로 용병 길드 안으로 들어가 버리는 모습에 마을 사람들은 시끄럽게 떠들기 시작했다.

　기사들이 근처에 있을 때는 숨소리조차도 내지 않던 사람들이었지만 용병 길드 안으로 들어가자 참았던 수다를 터뜨리기 시작한 것이다.

　"레드아이 기사단이 어쩐 일이지?"

　"그러게 말이야. 황실 직속 기사단이잖아. 평생에 한 번 볼까 말까 한 기사단을 오늘 보다니 참 오래 살고 볼 일이네.”

진운에게는 그냥 강렬하고 튀기 좋아하는 붉은색의 갑옷을 입은 기사들이었지만 알고 보니 대단히 유명한 녀석들이었다.

아르돈 제국에는 황제가 직접 통솔하고 오직 황제의 명령만 듣는 기사단이 무려 다섯 개나 존재하고 있다.

그건 바로 옆에 있는 카르돈 제국도 마찬가지였다.

하지만 그중에서도 다른 네 개의 기사단은 거의 황실을 벗어나지 않기에 귀족 외의 일반 평민들은 황실 직속 기사단이 다섯 개나 있는지도 모른다.

지금 진운의 눈앞에 보였던 붉은색의 갑옷을 입은 기사단은 그중 대외적으로 이미 아르돈 제국에 많이 알려진 기사단인 듯했다.

물론 저 강렬한 붉은색은 한번 보면 쉽게 잊기도 힘들 테지만 말이다.

하지만 많이 알려져 있다 뿐이지 레드아이 기사단도 거의 몇 년에 한 번 황실을 벗어나는 게 전부였기에 평생 동안 구경 한 번 못하고 일생을 살아가는 사람들이 대부분이다.

그만큼 아르돈 제국의 땅덩어리가 넓었다.

거기다 지금 진운이 머물고 있는 마을은 아르돈 제국에서도 외곽에 속하는 곳으로, 사실 이런 곳에서는 지방 영주의 기사단만 봐도 무슨 큰 구경거리라도 생긴 듯 사람들이 몰릴 정도였다.

그런 곳에 제국에서 가장 유명한 레드아이 기사단이 모습을 드러냈으니 당연히 시끄러울 수밖에 없었다.

"용병 길드는 무슨 일이래?"

"에이, 그것도 몰라?"

"왜? 또 카르돈 촌놈들이 쳐들어오기라도 한 거야?"

황실 직속 기사단이 직접 이런 외진 마을까지 온다면 거의 전쟁 혹은 카르돈 제국과 관련이다.

그렇게 물어오는 친구에게 남자는 손사래를 치면서,

"저기……."

슬쩍 주변을 어설프게 살피더니 슬쩍 친구의 귓가에 입을 가져갔다.

"자네만 알고 있게."

"응? 아, 그러지. 말해봐."

"내가 용병 길드에 아는 사람이 있어서 들은 말인데, 소문에 대륙에 나타났다는 여섯 번째 마스터라는 분이 우리 마을에 있다는 거야."

"헉!!"

"……!!"

방금 남자의 말에 친구와 함께 진운도 놀랐다.

자신이 이곳에 있다는 소문이 퍼진 것이다. 그것도 이렇게 사람들 입에 오르내릴 만큼 말이다.

"저, 정말인가?"

사실 일반적인 평민에게는 기사만 해도 넘을 수 없는 커다란 벽처럼 느껴지는 존재이다.

그런데 그런 기사를 가지고 놀면서 수백 명도 혼자 도륙한다고 알려진 마스터라는 말에 막상 놀라긴 했지만 딱히 피부에 딱 와 닿는 느낌은 없는 듯 친구는 놀라면서도 눈동자는 편안해 보였다.

"예끼, 내가 언제 허튼소리 하는 거 봤어?"

남자는 친구가 순순히 믿어주지 않는 듯하자 슬쩍 눈을 부라리면서 한마디 했다.

"아니, 사실 이런 곳에 뭐 주워 먹을 게 있다고 마스터라는 분이 온단 말인가?"

친구는 남자의 말에 슬쩍 말을 돌리듯 물었다.

"낸들 아나. 혹시 마을에서 가장 예쁘기로 소문난 제린을 데려갈 생각일지도 모르지."

"헉!!"

이번만큼은 남자의 말에 친구는 진심으로 놀라는 모습이다.

"후후훗, 왜? 제린이 누구한테 넘어간다고 하니 심장이 덜

컥 내려앉지?”

“아, 아니야. 무슨 말을 하는 거야. 험험.”

친구는 서둘러 아무렇지 않은 척했지만 이미 들켜 버린 뒤였다.

“크크큭, 걱정하지 말게. 설마 마스터나 되는 분이 겨우 이런 시골 마을 촌구석에서 예쁘다고 소문난 여자한테 관심이나 가질까?”

남자는 위로한답시고 말하다가 뭔가 이상한 느낌이 들어 친구를 쳐다보았다

“자네… 지금 뭐라고 했나?”

“응? 뭐라 하긴, 마스터나 되는 분이 이런 촌구석에서 예쁘다고 소문난 여자한테 관심 가질 리 없다고 했지.”

“제린은 아르돈 제국 최고의 미녀야!”

친구는 남자가 제린을 깎아내리는 말을 하자 화를 이기지 못하고 버럭 소리를 질렀다.

“이런, 말이 그렇다는 거지 뭘 그렇게 흥분하고 그러나. 진정하게, 진정.”

남자도 뒤늦게 자신이 실수했다는 것을 깨달았지만 진심은 아니었다.

사실 마스터라는 사람이 누구고 어떤 사람인지 모르지만 황실에서 기사단이 직접 나타나서 찾을 정도면 엄청난 사람

인 것은 분명했다.

그런데 그런 사람이 겨우 이런 시골의 제린이라는 여자에게 관심을 가질 리 만무했다.

사실 이 마을에서 벗어나 조금만 사람이 많은 곳으로 가도 제린은 명함도 못 내밀 미녀들이 널리고 널려 있다.

남자야 용병 길드와 안면을 틀 정도로 상단에 몸을 담고 있기에 그런 사실을 잘 알고 있지만 태어나서 단 한 번도 마을을 벗어난 적이 없는 친구는 제린이 세상에서 가장 예쁜 여자인 줄 알고 있는 것이다.

그리고 사실 제린을 노리는 마을 청년이 남자의 친구 말고도 어림잡아 네댓 명이 넘는 것도 사실이다.

"자자, 내가 한잔 살 테니 기분 풀게."

그래도 친구 기분 풀어준답시고 졸지에 주머니 털리게 생긴 남자는 억지로 친구를 데리고 사라져 버렸다.

그런데 정작 소문의 주인공인 진운은 그들이 떠난 뒤에도 그 자리에 남아,

"제린? 그렇게 예쁜가?"

딱히 제린이라는 여자를 어떻게 해보겠다는 생각은 없지만 다른 사람 입에서 자신과 제린이라는 여자가 나오자 순수하게 호기심이 생긴 것은 어쩔 수 없었다.

그렇게 진운은 소문을 귀동냥으로 들으면서 거의 자신의

존재가 드러났다는 것을 알 수 있었다.

다만 워낙에 발로 그린 듯한 포스터 때문에 진운을 알아보는 사람이 없을 뿐이다.

거기다 포스터의 진운은 날카로우면서도 카리스마가 느껴지는 반면, 실제 진운은 그저 동네에서 자주 보는 사람과 같은 분위기였기에 사람들이 전혀 알아보지 못하고 있는 것이다.

그리고 뜻하지 않은 수확이 하나 있다면, 용병 길드에 그려진 포스터를 그린 사람이 바로 아이린 때문에 만난 적이 있던 배신자 볼튼이라는 것이었다.

"괜히 살려놨군."

처음으로 그때 볼튼 기사단장을 살려둔 것이 조금은 후회되는 진운이었다.

사실 진운은 그 당시 자신이 저지른 일이 얼마나 엄청난 후폭풍을 몰고 올지 전혀 모르고 있었기에 기분 내키는 대로 했던 것이다.

그리고 나중에서야 마스터란 것이 무력도 무력이지만 정치적인 대륙 상황에 더욱 강한 위력을 발휘한다는 것을 알게 되었다.

물론 그때도 진운은 볼튼을 살려준 것을 딱히 후회하진 않았으나 용병 길드 포스터를 보고는 후회되었다.

그런데 그렇게 진운이 후회하는 이유는 바로,

"너무 못 그렸어."

정작 본인도 쉽게 알아보지 못할 만큼 허접하면서도 대충 그린 듯한 포스터가 영 마음에 들지 않았기 때문이다.

그런데 사실 알고 보면 볼튼도 억울한 입장이다.

너무나 압도적인 무력, 충격적인 오러 블레이드, 마스터라는 존재를 직접 만났다는 것에 거의 멘붕 상태에 있던 볼튼이 진운에 대한 이미지가 곱게 남아 있을 리가 없었다.

당연히 강하고, 무섭고, 카리스마가 철철 넘치는 그런 이미지인 것이다.

그런 상황에 아무리 그림을 잘 그리는 사람을 데려온들 무슨 소용이 있겠는가.

증인이 횡설수설하는데 말이다.

거기다 진운이 용병 길드에서 본 것도 이미 수차례의 수정에 수정을 거친 포스터였기에 더더욱 실제의 진운과 멀어져 버릴 수밖에 없었다.

볼튼의 기초적인 초상화에 당시 진운과 함께 상행을 했던 용병들의 말이 더해지니 점점 이상한 모습으로 변해 버렸다.

하지만 단 하나, 검은 머리카락과 검은 눈동자만큼은 전원이 일치했기에 그나마 남아 있는 것이다.

"그나저나 귀찮게 됐네."

딱히 이곳에 정착하려는 생각은 없는 진운이었지만 본과 세론을 찾기 전까지는 쉽게 움직이기 힘든 것도 사실인 상황이다.

그런데 그런 상황에 황실의 직속 기사단까지 찾아올 정도면 이미 웬만큼 진운에 대한 소문이 퍼졌다고 해도 과언이 아니기에 잠시 고민하던 진운은 우연히 시선을 용병 길드로 향했는데,

"……?"

창문 너머 접수대에 있는 그녀와 시선이 마주쳐 버렸다.

그녀는 정확하게 진운을 보면서 씨익 한번 웃어주고는 유유히 창문에서 사라졌다.

"……."

느낌이지만 이상하게 그녀가 자꾸 걸린다.

특히나 지금 기척을 최대한 죽인 상태인데 정확하게 진운을 쳐다보고 웃었다는 것도 확실히 의심이 드는 부분이고 말이다.

그렇게 얼마나 진운이 용병 길드를 쳐다보고 있었을까?

레드아이 기사단이 용병 길드에서 우르르 몰려나오더니 각자 자신의 말을 타고 왔던 길을 되돌아갔다.

그리고 모두가 그렇게 떠난 용병 길드 앞에 서 있던 그녀는 슬쩍 곁눈질로 진운을 보고는 또다시 미소를 짓고 길드 안으

로 들어갔다.

"유혹하는 건가?"

진운은 노골적으로 자신을 향해 손짓하는 것 같은 그녀의 미소에 발걸음을 옮겨 다시 용병 길드 안으로 들어갔다.

"어서 오세요!"

조금 전과 같이 환하게 웃으면서 진운을 맞이하는 그녀이다.

여전히 감정이 전혀 담겨 있지 않은 접대용 미소였지만, 미녀가 짓는 웃음은 확실히 매력적이었다.

물론 그런 매력적인 미소에도 진운은 차가운 눈빛으로 그녀를 바라보면서,

"넌 누구지?"

"네? 무슨 말씀이시죠?"

표정 하나 바뀌지 않은 그녀가 사무적으로 대답했지만 진운은 슬쩍 주변을 한번 훑어보고는 아무렇지 않게 내뱉었다.

"지붕에 하나, 바닥에 둘, 벽에 하나, 그리고 바로 당신 뒤에 하나. 맞지?"

그녀는 살짝 표정이 풀렸다가 다시 웃으면서,

"역시나 정확하게 찾으시네요, 여섯 번째 마스터."

그렇게 말하면서 공손하게 진운에게 고개를 숙이는 그녀였다.

그리고 그런 그녀의 대답에 진운도 별 감흥 없다는 표정으로 콧방귀를 뿜어주고는 바로 옆에 의자에 앉았다.

"용병 길드가 아니라 정보 길드였군."

나직하게 한마디 하자 이번에는 그녀의 표정이 굳으며 미소가 사라졌다.

"역시나 마스터이시군요."

별다른 설명도 필요 없이 진운이 꿰뚫어보듯 자신들의 정체를 알아챈 것에 변명조차 하지 않는 그녀였다.

"그보다 처음 보는 사이에 통성명은 해야겠죠? 전 제레미 제인입니다. 그냥 제린이라고 부르는 편입니다."

"제린?"

진운은 그녀의 이름을 듣고는 순간 조금 전 마을 청년 둘이서 이야기하던 것이 생각났다.

"어머, 절 아시는 눈치네요?"

역시나 정보 길드라 그런지 진운의 아주 짧은 표정 변화에도 민감하게 반응한다.

"설마 마을에 소문난 미녀 제린이 본인?"

"뭐, 두 번째라고도 하지만 제가 그 제린인 건 맞아요. 그리고 이제 본인의 이름을 알려주셨으면 합니다, 여섯 번째 마스터."

제린은 진운에게 이름을 계속 말해주길 바랐지만 그런 제린의 말장난에 홀라당 넘어갈 진운이 아니었다.

자신의 가치를 모르지도 않는데 이름을 쉽게 알려줄 생각도 없었고 말이다.

"내 이름이라……."

말해줄 듯하더니 불현듯 천장에 시선을 던진 진운은,

"네놈이지, 멀리서 배회하듯 내 주변을 얼씬거리던 녀석이?"

아무것도 없는 천장을 향해 심드렁한 목소리로 진운이 한마디 했다.

스윽.

툭.

정확하게 진운이 시선을 던진 곳에서 무언가 녹아내리듯 사람의 형상을 가진 것이 떨어져 내렸다.

"어머, 알고 있었나요?"

제린은 이상하게 대화의 흐름이 자신이 아닌 진운 쪽으로 넘어가고 있다는 느낌이 들었다.

지금까지 자신의 부하는 누군가에게 정체를 들킨 적이 단한 번도 없다.

물론 제린의 부하는 대륙에 존재하는 다섯 명의 마스터에 대한 정보를 알아내기 위해 움직인 적이 있다.

하지만 진운은 완전 다른 마스터였다.

다가가려고 하면 본능적으로 다가가지 말라고 소리치는 보이지 않는 무언가 때문에 정작 제린의 부하는 진운의 근처만 배회할 뿐 딱히 접근은커녕 가까이 가보지도 못한 것이다.

진운도 딱히 적의가 없었고 뭔가 해코지할 생각도 없어 보였기에 그냥 무시했다.

"모르면 바보겠지. 안 그런가? 그리고 처음 나를 만났던 사람은 왜 모습을 보이지 않는 거지?"

"……!"

갑자기 진운의 말에 제린의 표정이 완전히 굳어버렸다.

설마 자신의 비밀 중의 비밀까지 진운이 알고 있을 줄은 전혀 예상하지 못했다가 카운터를 맞아버렸으니 표정 관리가 불가능했던 것이다.

"그, 그게 무슨 말이죠?"

"이런, 그쪽에서 이렇게 나오면 서로 첫인상이 나빠질 텐데?"

뒤늦게 발뺌하려는 듯한 제린의 모습에 진운이 쐐기를 박듯 한마디 남기자,

"에휴, 도대체 당신은… 마스터가 맞는 건지… 의심이 드는군요."

하면서 부하에게 눈짓을 하자 잠시 뒤 지금 진운의 눈앞에 서 있는 제린과 완전히 똑같이 생긴 제린이 또 한 명 나타

났다.

"…쌍둥이였군?"

진운도 쌍둥이였을 줄은 몰랐는지 한마디 하자,

"그래요. 일란성 쌍둥이에요. 제가 언니 제린, 그리고 이쪽이 제 동생 제레미 제이린, 줄여서 제인이라고 부르죠."

제린은 자신들이 쌍둥이라는 것까지 진운이 알고 있는 것에 온몸에 소름이 돋는 느낌을 받고 있는 중이다.

사실 제린과 제인이 쌍둥이란 것을 아는 사람은 정보 길드에서도 심복을 제외하고는 없었으니 말이다.

하지만 정작 진운은 무심한 듯한 눈동자와 익숙한 마나의 파동에 입가에 미소를 지었다.

"두 번째 만남이군요."

"그러네요."

진운의 인사를 시크하게 받는 제인이었다.

"그럼 이제 당신의 이름을 알려주세요. 사실 지금 우리가 한참 밑지는 장사하고 있다는 것을 알아주셨으면 하네요."

제린이 이제 더 이상은 없으니 이름을 알려달라고 재촉했다.

하지만 진운은 여전히 웃기만 하면서 제린과 제인을 번갈아 보더니,

"제인이 언니고 제린 당신이 동생… 아닌가?"

“…헙!!”

“……!!”

느닷없는 진운의 말에 제린을 비롯해 제인마저도 놀란 표정을 숨기지 못했다.

반면 진운은 제인에게서 느껴지는 마나의 파동이 조금 더 강하기에 그냥 넘겨짚어 본 것인데 정확하게 맞아떨어진 것이다.

“도대체… 당신은… 누구죠?”

이제는 완전히 흐름이 진운에게 넘어가 버렸다.

지금까지 정보 길드를 운영하면서 수많은 경험을 한 제린도 진운에게만큼은 이제 두 손 두 발 다 들어버리고 말았다.

지금까지 무언가 얻어내기 위한 태도를 고수하던 제린이 순수하게 누군지 궁금하다는 태도로 바뀐 것만 봐도 알 수 있다.

“나? 그쪽이 말했잖아. 대륙의 여섯 번째 마스터.”

“…사람을 놀리는 나쁜 취미를 가진 분이군요.”

자신들을 완전히 가지고 놀고 있다는 것에 기분이 나쁜 듯 투덜거리기 시작하자 진운은 더 이상 쥐고 흔들었다가는 오히려 서로 기분만 상할 것 같다는 생각에 그만하기로 했다.

“내 이름이라……. 그럼 그쪽에서도 뭔가 나에게 줘야 하지 않아?”

“뭐라구요?”

모든 것을 다 까발리고 난 다음인데도 진운이 뭔가 더 달라고 당당하게 말하는 모습에 제린이 황당하다는 듯 소리치자 진운은,

“왜 그러지?”

“지금 정보 길드의 웬만한 비밀을 모두 알게 되었으면서도 조건을 건다는 건 너무 심한 처사 아닌가요?”

진운이야 어찌 되었든 당하는 제린은 기가 막히고 코가 막힐 지경이었다.

하지만 진운은 오히려 더 어이없다는 듯한 표정으로,

“그쪽에서 먼저 나에게 말한 게 하나라도 있나?”

“……”

분하면서도 억울했지만 딱히 진운의 말에 뭐라고 대꾸할 말이 없는 제린이었다.

대화의 흐름도 진운에게 넘어가 버렸고, 사람을 상대로 쥐고 흔드는 능력도 보다시피 진운이 제린보다 몇 수나 앞서 있는 상황에 더 이상 제린에게는 진운을 상대할 카드가 남아 있질 않았다.

상황이 이렇게 되자 그동안 조용히 지켜보고만 있던 제인이 입을 열었다.

“원하는 건 의뢰하신 본과 세론이라는 기사를 찾아주는 것

이면 만족하시나요?"

정확하게 진운이 원하는 조건을 말하는 제인의 모습에 진운은 웃으면서,

"역시 언니 쪽이 더 대화하기가 쉽네."

라고 하자 제린은 분한 듯 이를 악물더니 주먹을 꽉 쥐었다.

하지만 별수없이 잠시 뒤에 풀면서 그대로 자리에 앉아버렸다.

"나도 몰라. 맘대로 해. 쩝."

조금 늦긴 했지만 진운이 자신이 상대할 사람이 아니라는 것을 깨달은 제린은 항복 의사를 표했다.

"후후훗."

진운은 그런 제린의 모습이 조금은 귀엽다는 생각을 하면서 제인에게 시선을 돌렸다.

"언제까지 가능하지?"

본과 세론을 찾을 수 있는 기한을 물어보자 제인은 진운을 뚫어지게 쳐다보았다.

"저희를 시험하려는 듯한 행동은 사실 기분이 나쁘지만…당신은 충분한 자격이 있으니 그냥 넘어가 드리죠. 지금 당장이 알려 드릴까요?"

"그럼 난 좋지."

　진운이 간단하게 대답하자 제린이 자신이 앉아 있던 자리
에서 무언가 뒤적거리더니 서류 한 장을 진운에게 내밀었다.

　"그들이 지금 있는 곳과 이곳에서 그곳까지 얼마나 걸리는
지 적힌 거예요."

　팔랑.

　진운은 제린이 내민 종이를 말없이 받아 들더니 그대로 확
인도 하지 않고 접어서 자신의 주머니에 넣어버렸다.

　그런 진운의 행동을 본 제린이 퉁명스런 목소리로,

　"확인도 안 해요?"

　쏘아붙이듯 말하자 진운이 오히려 반문했다.

　"왜? 정보 길드가 그렇게 빈약한 곳이었나? 겨우 사람 찾는
것도 일일이 내가 확인해야 할 만큼 말이야. 응?"

　"쳇, 완전… 선수구만."

　제린은 끝까지 진운에게 한마디도 이겨보지 못하고 그대
로 몸을 돌리더니 자기 자리로 가서 앉았다다.

　진운은 그제야 앉아 있던 자리에서 일어서 제인을 쳐다보
면서,

　"정진운, 이게 내 이름이야."

　그 말을 끝으로 천천히 걸어서 용병 길드를 나가 버렸다.

　"아, 진짜 재수없어, 정말!!"

　진운이 용병 길드를 나가자마자 제린은 분통이 터지는지

방방 뛰기 시작했다.

제인은 가만히 진운이 나간 용병 길드의 문을 바라보다가 제린의 어깨에 손을 올리고 그녀를 진정시켰다.

"그만해."

"하지만 언니! 저 사람이 나를 가지고 놀잖아! 정말!!"

정보 길드를 움직이는 머리로서 누군가에게 말로써 밀린다는 것은 제린에게 참을 수 없는 모욕이나 마찬가지였다.

"그렇지. 하지만 그만큼 그는 지금까지의 사람들과는 달라."

단호하게 말하는 제인의 말에 제린은 잔뜩 볼을 부풀리면서,

"그건 나도 알아. 지금까지 우리가 쌍둥이라는 걸 알아챈 사람은 그가 유일하니까."

정보 길드의 특성상 머리가 하나라면 아무래도 불안하게 마련이다.

특히나 귀족을 상대로 정보를 사고파는 것이 주 업무인 정보 길드는 머리가 죽거나 사라지면 길드 자체가 한순간에 붕괴하는 아주 직선적인 구조를 가지고 있다.

그만큼 믿을 수 있는 부하들로 이루어져 있긴 하지만, 그만큼 머리의 역할이 그 무엇보다 중요한 것도 사실이다.

그렇기에 지금까지 정보 길드가 생기기도 하고 사라지기

도 많이 했지만, 아직까지 오랫동안 명맥을 유지하고 남아 있
는 것은 지금 제인과 제린 자매가 운영하는 정보 길드가 유일
했다.

특이하게도 제인과 제린 자매의 집안은 이상하게 애를 낳
았다 하면 쌍둥이가 태어나는 이력도 가지고 있었다.

그렇다 보니 다른 정보 길드와 달리 세상에서 그 누구보다
믿을 수 있는 머리가 두 개가 유지되니, 지금껏 어둠 속에서
이어져 올 수 있었던 것이다.

역사가 오래된 만큼 제린과 제인 자매가 가지고 있는 정보
의 양과 인맥도 엄청났다.

"제린."

"응, 언니."

"그는 자신의 이름이 가지는 의미를 정확하게 알고 있는
사람이야."

제인의 말에 제린도 분하지만 인정하지 않을 수가 없었다.

사실 그냥 보기에 진운이 자신의 이름 하나 가지고 참 치졸
하게 굴었다고 할 수도 있지만 그건 이름이 가지는 가치를 모
를 때나 할 수 있는 말이었다.

특히나 정보를 다루는 길드를 운영하는 제인에게 진운의
이름을 아느냐, 모르느냐의 차이는 엄청난 것이었다.

무엇이든 이름을 가지면서부터 그 존재의 가치가 정해진다.

일반적으로 정보를 팔 때 여섯 번째 마스터에 대한 정보라고 말하는 것과 정진운이라는 새로운 여섯 번째 마스터에 대한 정보라고 말하는 것, 과연 어떤 것이 더 상대에게 값어치가 있어 보이겠는가?

당연히 두 번째, 이름을 포함한 정보가 확실히 상대에게도 믿음을 주고 그만큼 정보의 가치가 달라진다.

거기다 현재 진운의 이름을 알고 있는 사람은 진운과 직접적으로 관련이 있는 사람을 제외하고는 제인과 제린이 유일했다.

어찌 된 일인지 상행을 했던 용병들도 진운의 이름을 전혀 기억하고 있지 못했기에 진운은 그저 새로운 여섯 번째 마스터라는 명칭으로 불리고 있었던 것이다.

그런데 이제부터 그 명칭이 완전히 달라지게 되었다.

제인은 그걸 정확하게 알고 진운에게 쓸데없이 밀고 당기기를 하기보다 깨끗하게 서로 주고받는 것을 선택했다.

그것이 탁월한 선택이기도 했다.

"분하지만 그는… 그저 칼만 휘두르는 무식한 기사가 아니야. 마치 노련한 정치가를 보는 느낌이었어."

제린은 진운을 상대하면서 자신이 가장 싫어하는 타입의 사람이라는 느낌을 받았다.

제인도 그 말에 고개를 끄덕였다.

"맞아. 하지만… 그냥 시시한 정치가와는 비교가 안 돼. 그는… 더 무서운 사람일지도 몰라."

그녀는 진운에게서 포스터에 그려진 과장되고 포장된 것이 아닌, 정말 속에 감춰진 카리스마를 느꼈다.

제인의 경험과 집안에서 내려오는 통계를 토대로 모두 생각해 봐도 가장 무서운 타입의 사람이라는 결론밖에 나오지 않았다.

"무서운 사람? 뭐, 건방지긴 했지."

제린은 성격 탓인지 아직 모르고 있었지만 제인은 피부로 느낄 수가 있었다.

"저런 사람은 한번 결정하면 결코 물러나지 않아. 설사… 대륙 전체가 모두 적이 된다고 해도 말이야."

제인의 나직한 말에 제린도 심통 난 표정을 풀고는 같은 생각인지 표정이 사뭇 진지해져 있었다.

아직 대륙의 귀족들은 진운을 전혀 모르고 있을 것이다.

하지만 제인이 느낀 진운은 건드리지만 않으면 결코 해가 되지 않는 존재, 하지만 실수로라도 건드리게 되면 뼈저리게 후회할 수 있는 존재, 바로 그것이었다.

"저기, 뒷얘기는 내가 없는 데서 해줬으면 하는데 말이야."

"……!"

"……!"

제인과 제린은 갑자기 옆에서 들리는 목소리에 황급히 고개를 돌렸다가 화들짝 놀랐다.

조금 전 용병 길드에서 멀어진 것을 확인했던 진운이 언제 왔는지 창문에서 웃는 얼굴로 손가락을 살살 흔들고 있는 것이다.

"……."

제인은 슬쩍 곁눈질로 자신의 부하들을 살펴보았지만, 역시나 부하들도 진운의 등장을 전혀 눈치채지 못하고 있었는지 잔뜩 긴장한 채 온몸이 경직되어 있었다.

"그렇게 긴장하지 않아도 되는데……."

인상 좋은 미소를 짓고 있는 진운의 말이지만, 이곳에 그 말을 그대로 믿을 사람은 단 한 명도 없었다.

완전히 진운에게 뒤를 잡혔다고 생각하고 있으니 말이다.

정보만 전문으로 취급하는 정보 길드의 내로라하는 실력자와 부하가 있는데, 한 명도 진운의 등장을 아무도 몰랐다는 것은 생각 이상으로 심각한 문제였다.

진운을 제외한 모두의 등에 식은땀이 흘렀다.

"무슨 일이죠? 아직 용건이 남았나요?"

제인이 조용히 묻자,

"그냥 궁금한 게 있어서 말이야."

“거래인가요?”

제인은 갑작스런 진운의 등장에 긴장한 나머지 자신이 너무 민감해져 있다는 것을 뒤늦게 깨달았지만 이미 말은 뱉어 버린 후이다.

다만 진운은 그런 제인의 말투를 신경 쓰지 않고 있는 듯했지만, 정보 길드의 수장으로서 오늘 제인과 제린은 아직 부족하다는 것을 여러모로 깨닫는 중이었다.

“그냥 순수하게 궁금해서 그러는데 이것도 내가 뭔가 줘야 하는 건가?”

순간 제린은 웃고 있는 진운의 얼굴을 시원하게 한번 후려쳤으면 좋겠다고 생각했다.

어떻게 저렇게 능글맞으면서도 이렇게까지 제멋대로일 수 있을까.

제린은 지금까지 귀족 아니면 상인 중에서도 나름 돈 좀 있는 사람들을 상대했는데, 그런 사람들은 제린의 시선에서 보면 하나의 공통점이 있었다.

그건 바로 자신이 원하는 것을 이루기 위해서 무언가를 버리는 것을 당연하게 생각한다는 것이다.

정보의 가치에 따라 돈의 액수가 올라가고, 그렇게 올라간 액수는 일반 평민은 들어본 적도 없을 만큼 엄청난 가치를 지닌 정보도 많은 편이다.

물론 지금 진운의 이름도 아마 부르는 것이 값일 것이다.

당장 아르돈 제국의 황실에서 레드아이 기사단을 보냈을 정도로 관심을 보이고 있으니 굳이 힘들게 정보를 팔기 위해서 움직일 필요도 없었다.

다만 진운의 성격을 전혀 파악할 수가 없다는 게 지금 제린과 제인에게는 가장 큰 고민거리였다.

"궁금한 게 무엇인지에 따라 다르지만 진운님이라면 어느 정도는 제 선에서 드릴 용의도 있어요."

제인이 조용히 진운을 바라보며 말하자 진운은 창문틀에 걸터앉더니,

"왜 나한테 잘해주는 거지?"

사실 진운도 그냥 그대로 일행이 있는 곳으로 가려고 했다.

그런데 삭막한 인간관계가 판을 치는 지구에서 살다 온 진운은 순간 정보 길드라는 녀석들이 너무나 자신에게 친절하다고 느낀 것이다.

정보를 사고파는 녀석들이라고 하기에는 너무나 순순히 정보를 준 것이다. 거기다 딱히 사무적인 태도를 취한 것도 아니고 말이다.

특히나 자신들의 비밀이 들켰는데도 태연하게 진운의 질문에 대답까지 해주는 것부터 이상하다는 생각이 들자, 결국 혼자 고민할 바엔 직접 물어보는 게 속편하겠다는 마음으로

되돌아온 것이다.

물론 최대한으로 기척을 죽인 상태로 몰래 온 건 진운의 장난이긴 했지만 말이다.

"음, 그게 궁금한가요?"

제인은 뭔가 더 정보를 원하는 줄 알고 잔뜩 머리를 빠르게 회전했던 것이 바보같이 느껴질 정도로 단순한 질문에 진운을 빤히 바라보았다.

"왜? 이상해?"

"아니… 그렇다기보다 사실 직접적으로 왜 이렇게 잘해주느냐고 대놓고 물어본 사람이 처음이라서요."

제인도 이번 질문에만큼은 조금은 당황한 듯했다.

"뭐하러 복잡하게 혼자 고민해, 그냥 물어보면 되는 걸? 안 그래?"

"그렇죠."

"그럼 대답 좀 들어볼 수 있을까? 대충 예상은 되지만 말이야. 그래도 직접 듣는 게 확실하잖아?"

마치 어린애가 '이게 좋아, 저게 좋아?'라고 물어보는 듯한 모습에 제인은 살짝 숨을 고르더니,

"최대한 이용할 가치가 높으니까요."

"그래? 음, 그럼 됐네."

대놓고 이용 가치가 많다고 하는 제인이나 그 말을 듣고 당

연하다는 듯 받아들이는 진운이나 이상한 건 마찬가지였다.

다만 묘하게 제인 혼자만 긴장감이 흘렀다.

"그럼 나중에 또 봐."

자신의 궁금증이 사라지자 미련없이 고개를 돌려 창문에서 사라진 진운

제린은 시간이 지난 뒤에도 입을 열지 못했다.

혹시라도 다시 나타나서 또 궁금하다고 말할 것 같아서 말이다.

창문 밖으로 얼굴을 내밀어 확인하고, 부하를 풀어서 진운이 마을에 없다는 것을 확인하고 나서야 겨우 마음 편히 자리에 앉을 수 있었다.

"언니, 한 번 더 저 사람 상대했다가는 내가 제 명에 못 죽겠다, 정말."

고개를 흔들면서 질렸다는 표정을 짓는 제린이다.

하지만 제인은 입가에 미소를 살짝 지으면서 오히려 눈에 생기가 돌고 있다.

"언니, 왜 그래? 설마 저 사람한테 시집이라도 가려고?"

지금까지 제인이 누군가를 상대하면서 저토록 생기 넘치는 눈동자로 대하는 것을 본 적이 없는 제린이 지레짐작으로 한마디 하자,

"후후훗, 재미있지 않아?"

"재미? 퍽이나. 난 가능하면 더 이상 안 봤으면 좋겠구만. 그놈의 대륙의 여섯 번째 마스터만 아니라면 말이야. 에휴!"

도저히 자신이 어떻게 할 수 있는 상대가 아니라는 것을 뼈저리게 느낀 제린은 일만 아니면 정말 다시는 보기 싫다는 표정을 노골적으로 드러내었다.

그런데 반대로 제인은 얼굴에는 흥미가 돌고 있었다.

특히나 약간의 백치미가 느껴지는 듯한 제인의 눈동자가 지금 맹렬하게 생기를 뿜어내고 있는 것만 봐도 놀라운 일이었다.

"재미있어."

흡사 마음에 드는 장난감을 만난 것 같은 제인의 모습에 제린은 고개를 흔들면서,

"그럼 이제 저 사람은 언니가 담당해. 난 싫으니까."

제린은 괴짜 같은 진운을 더 이상 만나기 싫은지 지금 이 기회에 제인에게 완전히 떠넘겨 버렸다.

제인은 순순히 고개를 끄덕였다.

"알았어. 이제 저 사람은 내가 상대할게."

그렇게 진운은 뜻하지 않게, 정보 길드와 연을 맺게 됐다.

아르돈 제국과 카르돈 제국 일대에 영향력이 있고, 그럼에

도 여느 귀족에 속하지 않은 독립적이자 대륙 최고의 길드였
다.

　앞으로 이 인연이 어떻게 진행될지는 모르지만 지금은 진
운이나 제인이나 서로에게 손해될 것은 없었다.

Chapter
07
본, 세론

"여기는 보통 걸어서 일주일 정도 걸리는 곳이에요."

진운은 제린에게 받은 메모를 아이린에게 보여주었다.

레이나에게 보여줘도 되지만 확실히 이곳의 생활이나 지역에 관해서는 아이린이 더 정확하다고 생각해서였다.

역시나 메모지를 보자마자 아이린은 어딘지 잘 아는 눈치이다.

"일주일이라……. 그럼 속도를 내면 하루 만에 가능할지도 모르겠네."

진운은 자신의 마나를 최대한 활성화하면 걸어서 일주일

정도는 충분히 하루 만에 가는 것이 가능할 듯싶었다.

"하지만 이곳이 카르돈 제국과 국지전이 가장 많은 곳이에요."

"그래?"

국지전이란 한정된 지역에서만 일어나는 전쟁이다.

카르돈 제국과 아르돈 제국은 어떻게 보면 한 핏줄을 타고 난 형제나 다름없는 사이다.

한국의 남한과 북한과 같은 상황이라면 이해가 빠를 텐데, 그렇다 보니 대놓고 서로 전면적으로 전쟁을 하지는 못했다.

왜냐하면 서로가 서로를 너무나 잘 알고 있는 것도 있지만, 결국 뿌리가 같은 형제이다 보니 무의식적으로 서로가 서로에게 칼을 들이미는 것을 은근히 꺼리기 때문이다.

하지만 그렇다고 사이가 좋은 것도 아니다 보니 그것을 풀 곳이 필요했다.

그런데 때마침 본과 세론이라는 기사가 있는 곳에서 처음으로 접전이 벌어졌고, 그걸 계기로 그곳에서만 서로 암묵적으로 싸우는 것을 묵인하기로 했다.

상황이 그렇다 보니 카르돈 제국이나 아르돈 제국의 귀족들은 뭔가 전공을 세우고 싶거나 능력을 발휘하고 싶으면 거의 자동적으로 그곳으로 향했다.

아이러니하게도 바로 옆은 농사지으면서 한적하게 지내지

만 조금만 가면 칼이 난무하고 피가 튀는 전쟁이 벌어지는 곳이었다.

정확하게 줄로 그은 듯 그곳에서만 전쟁이 벌어지는 조금은 요상한 곳이었다.

"그럼 가서 데리고 오면 되는 거네?"

"그거야 그렇지만, 혼자 가려고요?"

아이린은 내심 자신도 가고 싶은 눈치를 보였다.

마지막까지 자신의 곁에 남아준 기사들이으니 조금이라도 빨리 만나고 싶은 마음은 알겠지만 진운이 단번에 고개를 저으면서,

"오히려 짐이야."

냉정하다 싶을 만큼 단칼에 자른다.

"알아요."

아이린도 그런 진운의 매정한 말에 수긍하는지 고개를 숙이면서 억지로 납득하는 눈치다.

"그보다… 이건 다 뭐야?"

진운은 자신이 알고 싶은 것을 알고 나자 시선을 돌려 집안을 살펴보고는 아이린에게 물었다.

아이린은 어깨를 으쓱거리더니 김미영을 슬쩍 곁눈질로 가리켰다.

"이건 이쪽. 그래, 그래."

아직도 레이나의 아공간에서 무언가를 꺼내놨다가 다시 집어넣는 것을 반복하고 있는 김미영의 행동에 진운은 한숨을 쉬더니 다가갔다.

"누나, 이게 다 뭐야?"

"뭐긴, 여기서 살려면 살림을 꺼내놔야지."

김미영은 아마 이곳에서 계속 살 것이라고 생각하는지 진지하게 살림살이를 꺼내 배치하고 있었던 것이다.

하지만 진운은 전혀 그럴 생각이 없었다.

오늘 정보 길드에 자신의 정체가 들키지 않았더라도 이곳은 안전하다고 생각되지 않았기에 애초에 아이린의 기사인 본과 세론만 찾으면 떠날 생각이었던 것이다.

"다시 다 집어넣어."

"응? 무슨 말이야? 오늘 왔는데 다시 집어넣으라니?"

"찾을 사람을 찾았거든. 그래서 지금 내가 데리러 갈 거야. 그리고 그들이 오면 바로 떠나야 해."

"…여기가 끝이 아니야?"

또 떠나야 한다는 진운의 말에 싫은 내색을 팍팍 내면서 말했지만 그저 진운을 따라온 김미영으로서는 달리 할 수 있는 것이 없었다.

"여기는 안전한 곳이 못 되거든. 그리고 내가 지구로 돌아간 다음에도 한동안 아저씨랑 누나가 지내야 하는데 그러기에는 너무 눈에 띄는 곳이야."

"여기가 눈에 띄는 곳이라고?"

걸어서 몇 시간을 가야 마을이 보이는 곳이다.

김미영은 평생 이런 곳에서 살아본 적이 없다.

그래도 이 정도면 그나마 참을 만하다고 생각했는데, 여기도 사람 눈에 띄는 장소라고 하니 한숨부터 나왔다.

"아무튼 우선 자세한 것은 내가 그들을 데리고 와서 상의할 생각이니까 저것들 다 다시 레이나의 아공간에 넣어놔. 여기는 아니니까."

"그래, 알았어."

결국 진운의 말에 따라 힘들게 꺼내놓고 겨우 자리를 만들어 배치한 살림살이들을 고스란히 레이나의 아공간에 다시 집어넣기 시작하는 김미영이었다.

진운도 그런 김미영의 늘어진 어깨를 보며 미안한 마음이 들었지만, 사과는 모든 것이 안정된 뒤에 해도 늦지 않았기에 우선 해야 할 일이 먼저라는 생각에 그대로 집을 나왔다.

─진운, 혼자 갈 거야?

레이나가 진운이 집을 나서자 물어왔다.

"응. 혹시 모르니까 레이나가 있어줘. 현재 이곳에서 그나마 믿을 수 있는 건 레이나뿐이니까."

─알았어.

레이나는 진운이 혼자 그곳에 간다는 것이 살짝 걱정되는 듯했지만, 사실 현재 진운의 능력으로 어디 가서 맞고 다닐 정도는 아니기에 웃으면서 진운을 배웅했다.

*　　*　　*

탁!
쉬이익!!
탁탁!!
쉬이익!!
마치 한 마리의 검은 새와 같은 것이 나무와 나무 꼭대기를 뛰어넘으면서 빠르게 움직이고 있었다.

사람의 눈으로는 도저히 볼 수 없는 속도로 움직이고 있지만 놀랍게도 그 검은 것이 나무를 박차고 뛰어다니고 있음에도 전혀 나무에는 흔적이 남지 않았다.

"조금 먼가?"

진운은 엘프의 로브에 후드까지 뒤집어쓰고 마나를 최대한 활성화하여 땅이 아니라 나무 꼭대기 사이를 이동하고 있었다.

하지만 몇 개의 산을 넘고 길이 아닌 아이린이 가르쳐 준 방향을 향해 일직선으로 이동하고 있지만 좀처럼 목적지가 보이지 않았다.

"생각보다 제법 먼 곳인가?"

규격이 있는 거리를 재는 단위가 없는 대륙이다 보니 그저 걸어서 일주일, 말로 며칠 걸린다는 주먹구구식의 말만으로 정확하게 거리 판단은 힘들었다.

진운은 거의 해가 떨어져 가고 있는 상황에도 목적지가 보이지 않자 혹시나 자신이 잘못 온 것은 아닌지 뒤돌아 살펴봤다.

"일직선으로 온 건 맞는데."

일반적으로 길을 따라가는 사람들과 달리 진운은 눈에 보이는 높은 산이나 커다란 나무 등을 기준으로 해서 지날 때마다 방향을 점검했기에 정확하게 일직선으로 온 것은 아니었다.

그렇다고 크게 벗어나지도 않았다.

하지만 결과적으로 지금 진운이 있는 곳은 사람이 다니는 길도, 인적도 전혀 없는 이상한 숲 한복판인 것이다.

"아, 진짜 지구에서 인공위성이라도 하나 훔쳐서 대륙에 설치하든지 해야지, 원. 좌표만 알면 공간이동으로 쉽게 갈 수 있을 텐데 발로 뛰려니 이게 뭔 고생이야, 정말."

투덜거리던 진운은 결국 나무 꼭대기에서 주변을 살펴보다가 내려와 버렸다.

자신이 맞는 방향으로 왔는지 알아야 했으니 말이다.

"이 방법으로 가능하려나 모르겠네."

나침반도 없는 대륙이기에 방향을 가늠하려면 다른 방법이 필요했다. 진운은 학교 공부를 하다 본 책에서의 지식을 바탕으로, 주변을 둘러보았다.

적당한 굵기의 나무를 찾은 진운이 그 앞에 섰다.

"이 정도면 적당하겠군."

적어도 백 년은 넘어 보이는 나무 앞에 서서 진운이 검을 뽑아 들었다.

자세를 잡았다. 다리를 살짝 낮추고 검을 아래로 가볍게 내린 자세였다. 그 상태로 진운의 온몸에서 마나의 기운이 폭발적으로 상승했다.

"흐읍―!"

한순간 호흡을 짧게 끊으면서 검이 수평으로 베어졌다.

검은 분명히 나무의 밑둥을 가르고 지나갔다. 그러나 나무는 마치 그러한 공격을 받은 적이 없다는 듯 미동도 하지 않았다.

탁!

검을 집어넣은 진운이 주먹에 힘을 모으더니,

쿠웅!그 주먹으로 검이 베고 지나간 위쪽을 후려쳤다.

그러자 놀라운 일이 벌어졌다.

적어도 이십 미터는 넘어 보이는 높이의 나무가 기우뚱하더니, 진운이 베고 지나간 위쪽이 옆으로 쓰러져 내렸다.

쿠구구궁!

조용한 숲에 굉음이 솟아올랐다. 저 멀리서 산새들과 괴상한 동물들의 소리가 겹쳐서 울려왔다.

"미안하네."

괜한 나무 하나를 베었다는 생각을 하며 진운이 잘린 나무의 단면을 내려다보았다.

나무테를 보고 방향을 가늠하는 방법이 있다.

나무가 자라며 줄기 안에 나무테가 생기는 법인데 사계절이 뚜렷할수록 그러한 테가 진하다.

그 나무테는 햇빛이 많이 드는 쪽이 넓게 생성되고, 적게 드는 쪽이 좁게 생성된다.

물론 지구에서의 법칙이지만, 일단은 도전해 보는 기분으로 한 것인데 다행히도 같은 법칙이 이곳에도 적용되는 모양이었다.

"이쪽의 나이테가 넓으니까… 이쪽이 남쪽이군."

혹시 몰라 진운은 그 후 한 그루의 나무를 더 베어 넘겨서 재차 확인하고서야 만족스런 표정을 지었다.

"성공이네."

진운은 그대로 가볍게 나무 꼭대기로 올라가 해가 지는 방

향을 살피고는 바로 자신이 지금까지 어느 방향으로 움직였
는지 알아낼 수가 있었다.

"역시나 조금 틀어졌구나."

아이린의 말을 그대로 믿은 것이 실수라는 것을 깨달은 진
운이다.

사람이 다니는 길이 일직선일 리 없다.

당연히 휘고 꺾이는 법이다.

그렇다면 방향은 맞을지라도 그 범위가 넓어지는 것을 깜
빡한 것이다.

아이린이 가리킨 방향을 향해 무작정 뛰어온 진운만 바보
가 되는 순간이었다.

"내 실수네."

쿨하게 자기 실수라고 인정한 진운은 그대로 나무에서 뛰
어올라 우선 사람이 다니는 길을 찾아봤다.

그리고 그리 멀지 않은 곳에 길이 있는 것을 발견하고는 이
번에는 무작정 방향을 보고 가는 게 아니라 길을 따라 빠르게
움직이기 시작했다.

"처음부터 이렇게 할걸. 쩝."

거의 해가 떨어지고 나서야 결국 사람이 다닌 길을 따라 이
동하는 것이 정답이라는 것을 깨달은 진운이었다.

물론 그렇게 이동했지만 너무나 빠른 속도 덕분에 금세 목

적지에 도착할 수 있었다.

"여긴가?"

제법 멀리서 마을이 보이는 듯했지만 진운의 코를 자극하는 비릿한 향기가 가장 먼저 그곳이 목적지라는 것을 알려주었다.

도착해 보니, 역시나 사방에서 피비린내가 희미하게 풍겨오는 마을이란 것을 확인할 수 있었다.

"잠깐!"

마을로 들어가는 입구에 다다르자 날카로운 창을 겨누며 병사가 막아 세웠다.

진운이 A급 용병패를 보여주었다. 대번에 태도가 변한 병사가 환하게 웃으며 반겨주었다.

"그럼 열심히 해보라고! 여기서는 능력만큼 돈 버는 곳이니까!"

"네."

진운은 왜 저렇게 자신을 반기는지 마을에 들어오자마자 한 번에 알 수 있었다.

일반적인 마을에서는 허리에 칼을 차고 다니는 것은 거의 용병이나 병사인 반면, 이곳에는 여자와 어린애까지 허리에 검을 지니고 있었다.

특히나 어린애들은 단검과 롱소드 중간 정도 되는 길이의 특이한 검을 허리에 차고 있었는데, 마치 이 마을에서만 있는 듯 어디서나 쉽게 찾아볼 수 있었다.

거기다 느긋한 듯하면서도 눈빛만큼은 살아 있는 듯 날카롭게 빛나는 사람들을 보고 있자니 이미 국지전이 하나의 생활이 되어버린 듯해 보였다.

"어디 보자."

본과 세론은 본래 자신의 이름을 숨기고 다른 이름으로 용병 등록을 해 이곳에 있다고 한다.

진운은 곧바로 용병들이 모여 있다는 곳을 향해 걸었다.

그러면서 주변을 살펴보는 것도 잊지 않았다.

사실 진운에게는 이곳의 모든 것이 새롭게 느껴져 자연스럽게 시선이 가기도 했다.

그런데 얼마나 걸었을까?

"야!! 시작된다!!"

갑자기 사람들의 움직임이 분주해지면서 어딘가로 모이기 시작했다.

진운도 갑작스럽게 어수선해지는 분위기에 혹시나 카르돈 제국 쪽에서 쳐들어 왔는가 하는 생각이 들어 사람들이 향한 곳으로 가보았다.

뜻밖에도 그곳에는 두 명의 남자가 서로 칼을 뽑아 들고 노려보고 있었다.

"뭡니까, 저건?"

진운이 바로 옆에 있는 남자에게 슬쩍 물어보자,

"응? 자네 이곳 처음인가?"

대번에 진운이 이 마을에 초행이라는 것을 알아보는 남자였다.

"네, 일행이 이곳에 있어서 찾다가 오다 보니 이곳까지 왔네요."

자연스럽게 진운이 받아넘기자 남자는 진운을 한번 스윽 훑었다.

"용병인가?"

"네."

"그래? 뭐, 그럼 알아둬야겠지."

그러더니 설명을 시작했는데, 잠시 후 질문을 한 것을 진운은 크게 후회해야만 했다.

남자의 수다가 그렇게 시끄러울 수도 있다는 것을 처음 깨달은 것이다.

거의 10여 분 동안 거창하게 말했지만, 사실 간단하게 결투였다.

특이한 건 이곳 마을에는 결투하는 사람을 두고 내기가 벌어진다는 것이다.

전투로 하루에도 사람이 죽어 나가는 일이 다반사인 마을이다 보니 죽음이라는 것에 너무나 무감각하다고 해야 할까?

남자의 말을 들어보면 결투로 죽는 경우도 허다하다고 하니 지금 진운의 눈앞에 있는 저 두 사람 중 하나는 오늘이 마지막일 수도 있었다.

그런데 그런 두 사람을 두고 내기를 한다는 말에 과연 제정신인가 하는 생각이 들었다.

하지만 그렇게 나쁘게 볼 수만도 없는 것이, 국지전이 생활인 이곳에서는 남의 목숨을 건 결투가 자신에게는 한낱 유흥거리 정도에 지나지 않는 것이다.

군대에 가면 사람 목숨이 가장 값어치가 낮다고 했던가?

역시나 그건 지구나 대륙이나 크게 다를 게 없는 듯했다.

병사의 목숨보다 무기의 값어치가 더 중요했고, 오히려 식량을 최우선으로 치는 것을 보면 말이다.

"붙어!! 어서!!"

"뭐해?! 겁 먹었냐, 쪼다들아!!"

"저것들은 왜 저리 굼떠!! 너한테 내가 건 돈이 얼만데! 어서 덤비란 말이야!"

저 두 사람도 홧김에 저러는지, 아니면 애초에 결투를 하려고 했는지는 모르겠지만, 양쪽 다 검을 잡고 있는 손이 미세하게 떨리는 것을 보면 장난은 아니었다.

거기다 주변에서 시끄럽게 하는데도 서로를 바라보고만

있는 것을 보면 검을 잡은 지 얼마 되지 않는 초보도 아니었다.

진운은 사실 이런 것에 크게 흥미도 없고 굳이 말리고 싶은 생각도 없기에 지나치려고 하는데,

"차합!!"

진운이 발걸음을 옮기려는 순간, 짧은 머리의 남자가 먼저 우렁찬 기합과 함께 뛰어들었다.

챙!!

짧은 머리 남자의 기합은 좋았지만, 역시나 '나 이제 너 죽이러 간다' 라고 알려주는 것이나 다름없는 기합을 듣고 상대가 가만있을 리 없다.

완벽하게 검을 막아낸 것이다.

하지만 진짜 결투는 이제 시작이었다.

챙챙챙챙챙!!

검술? 폼?

검의 길?

휘두르는 방법?

그딴 것은 애초에 찾아보기 힘든 결투였다.

검을 어디로 휘두르고, 어떻게 베고, 횡 베기를 피하면 어떻게 반격하고 등 많은 말을 한다.

하지만 그건 이야기 속에나 가능한 일이다.

지금 진운의 눈앞에 보이는 것은 말이 결투지 검을 들고 서로 죽이려고 눈에 핏발 세운 미친놈 둘이서 싸우는 광경에 지나지 않았다.

스걱!

"컥!!"

어쩌다 막아가던 검에 자신의 팔을 베였는지 짧은 머리의 남자가 옅은 신음 소리를 내면서 주춤했다.

상황은 순식간에 짧은 머리 남자에게 안 좋게 흘러 버렸다.

챙캉! 챙캉!!

이때가 기회라고 느낀 상대는 양손으로 검을 쥐고 마치 도끼로 나무를 찍듯 내려치기로 같은 곳을 몇 번이나 후려치기 시작했다.

그러자 짧은 머리의 남자는 금방 위기에 몰리다 못해 발을 삐끗하더니 그대로 넘어져 버렸다.

"젠장!!"

"안 돼! 내 돈!! 내 돈!!"

짧은 머리의 남자가 곧 죽을 것 같이 위험해지자 그에게 돈을 걸었던 사람들의 탄식이 울리기 시작했다.

반대로 상대에게 돈을 건 사람들은 마치 자신이 결투를 하는 듯 우렁차게 응원하기 시작했다.

"죽여!! 죽여!!"

“더, 더, 더, 더, 더, 더! 더!!”

뭐랄까, 마치 광기에 휩싸인 듯한 착각이 일어날 정도의 분위기에 진운은 과연 사람들이 어떻게 이런 정신 상태로 이곳에서 살아가는지 의심스러웠다.

쾅쾅쾅!! 쾅쾅쾅!!

응원에 힘입은 사내의 검은 힘이 실려서 부딪치는 소리까지 달라져 있었다.

스걱!!

“와!!”

결국 기세 좋게 먼저 달려든 짧은 머리 남자의 목이 잘리면서 바닥을 뒹굴자 결투는 끝나 버렸다.

목이 떨어지는 순간 극명하게 희비가 엇갈렸지만 진운이 보기에는 결국 상처뿐인 승리였다.

죽은 사람이야 이미 죽었으니 별수 없겠지만, 이긴 상대도 온몸에 피를 흘리고 있고, 특히나 양쪽 허벅지에 흐르는 피가 생각보다 많은 듯 얼굴색이 하얗게 변해 있다.

아니나 다를까,

털썩.

이겼다는 것에 미소를 짓던 상대도 바닥을 향해 무릎을 꿇고 쓰러지더니 그대로 고꾸라져 버렸다.

“출혈 과다군.”

진운은 한눈에 상대가 죽은 이유를 알아챌 수 있었다.

일반인은 잘 모르지만 허벅지에는 중요한 혈관이 하나 지나고 있다.

언뜻 보기에 허벅지를 베어 상처가 그리 깊지 않아 괜찮아 보이는 모습과 달리 즉각 치료하지 않으면 치사율이 높은 부위가 바로 허벅지였다.

특히나 지금 쓰러져 이겼다는 기쁨도 느끼기 전에 출혈 과다로 죽어버린 녀석은 허벅지 안쪽을 세 번이나 베인 상황이었다.

그런데 그런 상황에 피를 흘리면서 기분에 취해 미친 듯 검을 휘둘렀으니 몸의 피가 급격하게 빠져나가는 것은 당연했다.

조직폭력배들이 칼을 들고 상대를 공격할 때 배보다 허벅지를 먼저 공격하는 것도 모두 이런 이유 때문이기도 했다.

복부나 다른 곳은 사실 보기에도 위험해 보이고 금방 생명이 오락가락하기에 나중에 법적으로 문제가 생길 경우 무거운 처벌을 받는 경우가 대부분이다.

반면 허벅지를 베였을 경우 우선 겉으로 보기에는 굳이 죽이려는 의도는 없었다고 둘러댈 수 있을 만큼 크게 치명상으로 보이지 않는다.

실제로 그렇게 보여서 솜방망이 처벌을 받는 경우가 많기도 했다.

목이 잘려 죽어버린 짧은 머리의 남자가 알고서 허벅지를 공격했는지는 모르겠지만 결과적으로 둘 다 죽어버린 결투였다.

스스로 복수한 셈이니 뭐 죽어서도 그렇게 억울하지는 않을 것이다.

"쳇, 또 둘 다 죽어버렸네."

아마 지금 진운이 본 것과 같은 결투가 이곳에서는 흔한 듯 양쪽 다 죽어버린 것에 불편한 심기를 드러내는 사람들이 많았다.

알고 보니 결투에서 양쪽 다 죽어버릴 경우 이기더라도 50%만 받을 수 있다는 것이다.

진운의 눈에 내기를 부추기는 사람들이 군데군데 보였지만, 어차피 그건 그들의 삶일 뿐이다.

진운이 굳이 나설 필요가 없는 것이다.

더 웃긴 것은 승리를 해도 실제 결투를 한 당사자에게는 그어떤 혜택도 없었다.

한마디로 지들끼리 서로 좋아서 결투하고, 그걸 두고 주변에서는 내기를 하는 것이다.

결국 죽은 사람만 불쌍하고, 어떻게 보면 개죽음으로 보이기도 했다.

"웃차!"

결투가 끝나고 사람들이 흩어지기 시작하자 기다렸다는 듯 마차 한 대가 오더니 죽은 두 사람을 짐짝처럼 던져 싣더니 어디론가 사라져 버렸다.

"장소 한번 정말 잘 골랐네."

국지전이 빈발하는 지역이다 보니 사람 죽는 게 길 가던 개가 죽는 것보다 못한 곳임이 피부로 느껴졌다.

본과 세론이 수련을 위한 장소 하나는 참 잘 골랐다고 생각했다.

진운 본인도 목숨이 걸렸기에 그만큼 필사적일 수 있었고, 위험하면 위험할수록 실력이 늘어나는 것은 너무나 당연했다.

그렇게 잠깐의 결투를 구경한 진운이 다시 걸음을 걸어 본의 기척이 느껴지는 곳까지 온 것은 좋았는데, 막상 들어가려고 하니 그게 쉽지가 않았다.

"…관계자 외 출입 금지라……. 나 참."

지금 진운이 들어가려는 곳은 말 그대로 전투에 직접적으로 관여하지 않은 사람은 들어가지 못하는 곳이었다.

하지만 그런 것을 잠시 본 진운이 씽긋 한번 웃더니 자신의 마나를 최소한으로 억제하기 시작했다.

순식간에 주변의 시야에서 진운의 모습이 흐릿해지더니

곧 누구도 진운을 의식하지 않기 시작했다.

"은근히 편한 기술이네, 이거."

지구야 과학의 발달로 CCTV도 있고 해서 그냥 쓸 만한 잡기술에 불과한 기척 지우기지만, 대륙에서는 엄청나게 편리했다.

특히나 특이한 환경 탓에 마나를 극한까지 다룰 수 있는 진운은 바로 옆에 있어도 찾기 힘들 만큼 완벽에 가깝게 기척을 지울 수 있었다.

물론 진운 본인은 처음 사용해 봤기에 지금 자신의 기술이 얼마나 대단한 수준인지 전혀 모르고 있을 뿐이다.

저벅저벅.

기척을 완전히 지워 버린 진운은 유유히 병사들이 지키고 있는 금지 구역의 입구를 당당하게 걸어서 통과했다.

진운을 알아챈 사람은 한 명도 없었다.

"마스터 기술, 의외로 쓸 만한 게 많네."

바벨의 탑에서 생활하면서 강해지기 위해서 닥치는 대로 모두 배웠던 마스터 검술의 효과가 뒤늦게 조금씩 진운을 통해 발휘되기 시작했다.

사실 기척 지우기는 마스터 검술에서 초급에서 조금 벗어난 수준에 불과했다.

그 외에도 마나를 최대한 폭발시키는 것도 있고, 진운이 사

용하는 마나를 이용한 모든 공격 기술이나 방어 기술의 기본
은 마스터 검술에서 비롯되었다고 해도 과언이 아니다.

물론 진운 본인은 그걸 전혀 자각하고 있지 않지만 말이다.

"어디 있으려나."

그저 기척을 지우고 사람을 찾기 편하다는 것에 만족하고
있을 뿐이다.

"시간이 좀 걸리려나?"

진운은 우선 눈으로 찾으려고 했다가 곧 포기해 버렸다.

이렇게 좁은 마을에 뭔 사람이 이리도 많은지 눈으로 확인
하고 찾다가는 끝도 없을 것 같았다.

결국 마나의 파동을 이용해 찾기로 했다.

그런데 그러기 위해서는 지금 사용하고 있는 기척 지우기
기술을 풀어야만 했다.

파동을 느끼려면 마나를 활성화시켜야 하기 때문이다.

스윽스윽.

혹시나 하는 생각에 주변을 둘러본 진운은 제법 깊은 곳까
지 들어왔기에 이제 와서 누군가의 의심을 사지는 않겠다고
판단하고 슬쩍 마나를 활성화시켰다.

그러자 마치 허공에 스크래치를 벗겨내듯 진운의 모습이
드러나더니 자연스럽게 사람들 사이에 나타났다.

곧 아무 일도 없었다는 듯 진운은 발걸음을 옮겨 사람들 틈

으로 사라져 버렸다.

"역시 이게 편해."

사람들이 없는 곳에 도착한 진운이 마나를 활성화했다. 파동이 퍼져 나가 진운의 감각이 되어주었다.

한참 그렇게 마나의 파동을 탐색하던 진운의 감각에 익숙한 파동이 잡혔다.

본이었다.

개인용 고성능 레이더와 같은 그의 감각은 정확했다. 진운은 가벼운 걸음으로 나름 멀쩡해 보이는 막사로 다가갔다.

Chapter 08
생각없는 장난이란

"어떻게 저를 찾으셨습니까?"

본은 갑자기 나타난 진운을 보고는 놀라서 멍하니 쳐다보고만 있다가 뒤늦게 헐레벌떡 일어섰다.

그런데 그렇게 일어선 본을 보던 진운의 시선이 한곳에 고정되었다.

"너 그 팔, 어떻게 된 거지?"

어깨 아래부터 깨끗하게 잘린 듯 약한 바람에도 흔들리는 왼쪽 팔을 보고 진운이 나직하게 묻자,

"실력이 없어서 이렇게 된 것입니다."

자신의 팔을 흘낏 보고는 별것 아니라는 듯 말하는 본이었
다.

"실력이 없어서라……."

진운은 본의 말을 잠시 중얼거리듯 되뇌더니 미간을 찌푸
리고는,

"상대가 누구지?"

본은 정식으로 기사 수업을 받은 기사이다.

그것도 백작가에서 레이디를 모실 만큼 실력을 인정받은
기사다.

아무리 전쟁터라지만 그런 기사가 저렇게 깨끗하게 팔이
잘렸다는 것은 진운이 생각해도 보통 실력이 아닌 자를 상대
했다는 뜻이었다.

본은 고개를 살짝 숙이더니,

"카르돈 제국의 빌립 공작입니다."

"공작이라……."

공작이라는 위치에 있는 귀족이 직접 전쟁터에 온다는 것
은 쉽게 이해가 가지 않았다.

말이 공작이지 알고 보면 왕족이나 다름없는 것이다.

보통 귀족 중에 왕의 계승권을 가지고 있는 귀족이 공작이
었으니 말이다.

그런데 그런 공작이 하루에도 수십에서 수백 명이 죽어 나

가는 국지전이 수시로 벌어지는 이곳에 나타났다? 뭔가 이상
했다.

"카르돈 제국의 두 번째 마스터였습니다."

"……."

본의 말에 진운은 그제야 이해가 되었다.

전략적 핵병기에 맞먹는 마스터라면 공작이라도 충분히
이해가 되었다.

어쩌면 그 빌립 공작이라는 자는 기분 전환으로 이곳에 왔
을지도 몰랐다.

진운은 그런 사정과 본의 모습을 보고 묘하게 신경이 거슬
려 말했다.

"먼저 달려들었군."

마치 옆에서 지켜봤다는 듯 진운이 말하자 본은 말없이 고
개를 끄덕이면서,

"마스터라는 존재가 얼마나 강한지 직접 상대해 보고 싶었
습니다."

"미친……."

진운의 입에서 자연스럽게 그런 말이 나올 정도로 본이 한
짓은 지금 살아 있는 것도 대단한 행운이라 할 수 있었다.

"…5년 안에 마스터가 되겠다는 녀석이 마스터를 두려워
해서는 불가능하지 않겠습니까?"

조금도 자신의 행동에 후회가 없다는 듯 말하는 본의 모습에 진운은 마치 떫은 감을 여러 개 입에 넣고 씹고 있는 듯한 기분이 들었다.

사실 진운은 장난이었다.

애초에 5년 만에 마스터에 오른다는 것 자체가 미친 짓이었으니 말이다.

하지만 본은 그걸 실현하려고 적국의 마스터에게 달려들었다가 팔 하나를 잃어버린 것이다.

지금 진운의 기분을 더럽게 하고 있는 것은 본의 잃어버린 팔이 아니라 생각 없이 자신이 내뱉은 장난스런 말이었다.

"그놈 강해?"

불현듯 진운이 그렇게 물어보자 본은 고개를 끄덕이면서,

"대륙에서 네 번째로 강하다고 알려져 있습니다."

애초에 대륙에 마스터가 다섯뿐이었으니 그중에서 네 번째라면 결국 실력이 달리는 녀석이라는 말이다.

그런데 이상하게 그런 실력의 녀석한테 본이 왼쪽 팔을 잃었다는 것이 너무나 기분 나쁜 진운이다.

"그놈 어디 있어?"

"네?"

본은 갑자기 뭘 묻는지 이해 못하는 듯 되물었다가 곧 알아채고는,

“설마 빌립 공작을 말하는 것입니까?”

“응.”

“…….”

본은 진운이 왜 저렇게 화난 표정을 짓고 있는지 이해하지 못했다.

하지만 상대가 상대이다 보니 우선 묻는 말에 순순히 대답했다.

“내일쯤이면 다시 전장에 나선다고 들었습니다.”

“그래. 알겠다. 언제 잘렸지?”

“한 달 전입니다.”

“…….”

말없이 본의 잘린 왼쪽 어깨를 보던 진운은 잘린 기간이 짧은 것치고는 잘 아물었다는 생각에이 들었다.

“포션으로 치료했군.”

“네, 아가씨께서 혹시나 위험할 때 쓰라고 주신 게 있었기에 저라도 그나마 살아남은 겁니다.”

“저라도라니? 설마 세론이라는 녀석은 죽었나?”

“네. 빌립 공작의 검에 제 팔이 잘리자 도와준다고 달려들었다가…….”

쓸쓸한 웃음을 보인 본은 애써 먼저 죽어버린 세론에게 미안한 표정을 숨기지 못했다.

“쳇.”

선택이야 본과 세론이 했다지만, 어째 진운은 기분이 더러웠다. 이대로 본을 데리고 돌아가기에는 어딘가 불만족스러웠다.

본의 맞은편 허름한 야전 침대에 앉은 진운이 말했다.

“내일 그 마스터가 나오면… 내 옆에서 지켜봐라.”

“네?”

“마스터가 뭔지, 마스터끼리 싸우면 어떻게 되는지 두 눈으로 똑똑히 봐라. 그럼 조금이라도 더 빨라질지 모르니까.”

“진운님…….”

본은 갑자기 진운이 왜 자신을 위해서 움직이는지 모르지만 그 말을 듣고서,

털썩.

진운 앞에 무릎을 꿇었다.

“감사합니다. 정말 감사합니다. 흐흐흑…….”

세론의 죽음에도 울지 않던 본의 눈에서 눈물이 흘러내리기 시작했다.

“쳇.”

남자의 눈물. 그 눈물로 인해 진운은 생각 없는 장난이 어떤 결과를 가져올 수 있는지 알게 되었다. 그리고 다시는 사

람을 상대로 장난치지 않기로 다짐했다.

이런 더러운 기분을 또다시 느끼고 싶은 생각은 추호도 없었기에.

사정이야 어찌 되었든, 내일이면 베일에 싸여 있던 여섯 번째 마스터가 모습을 드러내는 첫 번째 장소로 아르돈 제국이 되는 역사적 사건이 벌어질 것이다.

"그런데 내일 전투에 나가려면 등록을 해야 하는 건가?"

기분에 따라 갑자기 일정을 바꿨지만 그래도 엄연히 이곳은 군대이기에 진운이 혹시나 해서 물었다.

본은 고개를 저었다.

"굳이 등록이나 그런 것은 없습니다."

"그래?"

어떻게 보면 대충 하는 것 같지만 사실 하루에도 수십에서 수백 명의 사람이 죽어 나가는 곳이다.

이런 곳에서 사람의 숫자도 제대로 파악하고 있지 않을 것이 뻔한데 전투에 나가기 위해서 일일이 등록한다는 것은 한 마디로 바보 같은 짓이었다.

어딜 가든 사람들은 편한 것에 익숙해지게 마련인지, 이곳 군대의 간부들도 요령이 늘어 전투에 나갈 때는 전혀 터치를 하지 않다가 전투가 끝나고 살아서 돌아오는 사람들의 숫자만 파악하고 기록했다.

　요점은 다음에 전투에 나갈 수 있는 병사의 숫자만 파악하겠다는 것이다.

　잔머리로 보면 대단히 비상하지만, 군대라는 특성을 보면 당나라 군대라는 말이 저절로 나오는 방식이었다.

　"당나라 군대라니… 어느 나라입니까?"

　진운의 입에서 군대라는 말이 나오자 순간 호기심에 본이 물어보자 진운은 대충 자신이 알고 있는 것을 풀이해서 알려주었다.

　당나라 군대라는 말에는 두 가지 유래가 있다.

　첫 번째로, 당나라는 초기엔 과거 수나라보다 강력하여 주변 모든 민족을 때려 부수고 복속시켰는데, 8세기가 되자 돌궐, 거란, 발해, 토번이 흥기하여 위상이 많이 깎이고 6대 현종 때에 안녹산의 반란으로 나라꼴이 말이 아니게 쇠퇴해 버린다.

　그런데 당나라는 워낙에 땅이 넓다 보니 초기부터 국경지대에 절도사를 두고 그 절도사들이 군대를 통솔하는 독자적인 권한을 가지 있었다.

　나라가 흥하고 잘 돌아갈 때에는 아주 좋은 방법이었지만 반대로 나라가 흔들리는 말기에는 그 절도사들이 오히려 독이 되어 독자적인 세력을 구축하기 위해 황제에게 반기를 들어버린 것이다.

한마디로 반란이었다.

세력 확장에만 몰두한 나머지 내실을 전혀 생각하지 않았던 당나라는 결국 나라를 지켜야 하는 자신의 군대에 나라가 망해 버렸다.

이를 보고 오합지졸에 군기 빠진 군대를 당나라 군대와 비교하게 된 것이다.

그리고 두 번째는 바로 그 당나라가 진짜 당나라를 말하는 것이 아니라는 것이다.

대한민국이 고려가 아닌데도 여전히 우리는 코리안(고려 사람)이라고 불리는 것처럼, 일본에서는 중국인을 당나라 이후에도 계속 당나라 사람으로 불렀다고 한다.

그러다가 청나라 말기에 청일전쟁으로 일본이 중국하고 싸워 이기게 되면서 중국군을 무시하는 표현으로 당나라 군대라 불렀는데, 이후 허접한 군의 대명사처럼 되어버린 것이다.

그리고 그런 표현이 일제 강점기를 거치면서 한국에 남아 있었고, 그것이 진운에게도 영향을 미쳤을 거라는 것이 바로 두 번째였다.

어느 것이 맞는지는 모르지만 결과적으로 두 가지 모두 약하고 엉망인 군대를 말하는 것이었다.

"…비슷하군요."

본도 실전 경험을 쌓기에 최적의 장소이라는 생각에 이곳을 선택했지만 막상 와보니 너무나 허술하다는 것을 느낀 게 한두 번이 아니었다.

그런 느낌이 최고조에 달했던 것이 바로 세론의 죽음을 처리하는 방식이었다.

한 명 사망이라는 기록조차도 남기지 못했던 것이다.

오로지 기록에 남는 것은 살아남은 자뿐이었기에, 본은 이곳에 온 것에 회의를 느꼈다.

그러면서도 떠나지 않은 이유는 실제로 마스터를 볼 수 있는 유일한 장소였고, 목숨이 오가는 전투가 가장 빈번한 곳이었기 때문이다.

사실 진운에게는 말하지 않았지만 빌립 공작은 이미 대륙에서는 나름 유명한 사람이었다.

마스터에 오른 유일한 왕족이라는 것부터가 이미 이슈가 되고도 남았지만, 싸움을 밥 먹는 것보다 좋아한다고 한다.

사실 본은 세론을 만나서 다른 왕국이나 몬스터가 가장 많다고 알려진 샤리프 왕국으로 가려고 했다.

그런데 황궁에 다녀온 세론이 이곳에 가면 실제로 마스터를 볼 수 있다고 알려준 바람에 이곳으로 바꾼 것이다.

결과적으로 세론이 먼저 죽어버리긴 했지만 애초의 계획대로 마스터를 직접 만나긴 했다.

동료와 함께 자신의 왼팔을 대가로 치르긴 했지만 말이다.

그리고 와서 본 이곳의 군대 운용 방식이 제국에서는 전혀 간섭을 하지 않는 완전한 독자적인 구조를 가지고 있다는 것을 피부로 느끼고 있는 본은 씁쓸히 고개를 끄덕였다.

"당나라 군대가 맞습니다."

괜스레 착잡한 분위기가 감돌았다.

그때 갑자기 진운이 벌떡 일어서더니,

"세론이 잠든 곳이 어디지?"

"네? 갑자기… 그건 왜?"

"얼굴은 보지 못했지만… 인사는 해두고 싶어서."

말은 그렇게 했지만 진운은 왠지 죄책감을 느끼고 있었기에 물어본 것이다.

5년 안에 마스터가 되는 조건이 아니라면 세론이 죽을 이유가 없었을지도 모른다.

특히나 아버지의 죽음으로 혼자가 되어버린 진운은 자신과 아는 사람이나 관련이 있는 사람의 죽음에 조금은 민감하게 반응하는 경우가 많았다.

소지훈의 경우만 봐도 알 수 있듯이 아버지의 죽음으로 진운도 제법 변화가 생겼다고 볼 수 있었다.

하지만 본은 다르게 생각하고 있었으니,

'설마 기사의 죽음을 애도해 주시려는 건가. 정말 진운님은 기사의 귀감이 되는 분이시구나. 본받아야 해, 이런 것은.'

잘 알지도 못하면서 일부러 찾아갈 정도로 기사의 죽음을 이해할 줄 아는 사람으로 본에게는 비춰지고 있었다.

"따라오십시오."

시체 처리하는 병사에게 몇 푼 찔러주고 세론의 시체를 넘겨받아 양지 바른 곳에 묻어두었는데, 진운을 안내해 막상 가보니 누군가가 쓰던 검이 비석처럼 세워져 있는 무덤이 한둘이 아니었다.

"원래는 저 혼자 친구를 묻어준 곳이었는데 어쩌다 보니 이렇게 늘어나 버렸습니다."

진운은 본의 말에 고개를 끄덕이면서 대충 이해했다.

누구에게나 소중한 사람이 있는 법이다. 그리고 그들이 알게 모르게 무덤을 만들어준 것은 충분히 이해하지만, 죽은 뒤에 비석은커녕 녹슨 칼이 자신이 죽은 자리를 알려주는 유일한 표식이라는 것이 조금은 안타까울 뿐이다.

"이곳입니다."

본의 안내로 도착한 곳은 수백 개의 녹슨 칼이 박혀 있는 곳 중에서도 가장 녹이 많이 슬어 있는 검이 있는 곳이다.

불과 한 달 사이에 이 정도로 녹이 슬었다는 것은 그만큼 검을 많이 사용해서 닳고 닳았다는 것을 의미하기도 했다.

"술을 가져오지 못해서 안타깝지만……."

진운은 죽은 자에게 술 한잔 주지 못하는 것이 못내 미안해서 대신 진혼가를 불러주기로 했다.

진혼가는 조용필의 '이젠 그랬으면 좋겠네' 였다.

진혼가로는 조금 어울리지 않을지 모르지만, 아버지가 좋아하던 이 노래는 진운은 수도 없이 부르며 아버지에 대한 그리움을 달랬었다.

"나는 떠날 때부터 다시 돌아올 걸 알았지……."

나직하게 말하는 듯한 음률이 진운의 입에서 시작되었다.

노래는 그 음률보다 가사가 마음을 건드리는 묘한 느낌이었다.

난 어디서 있었는지
하늘 높이 날아서 별을 안고 싶어.
소중한 건 모두 잊고 산 건 아니었나.
이젠 그랬으면 좋겠네.
그대 그늘에서 지친 마음 아물게 해.
소중한 건 옆에 있다고
먼 길 떠나려는 사람에게 말했으면……

“흑, 흑흑.”

“……?”

누군가의 죽음이 어떤 상처를 남기는지 알고 있는 진운이기에 습관처럼 아버지가 좋아했던 노래를 대륙공용어로 흥얼거렸다.

그리고 그것을 옆에서 가만히 듣던 본은 또다시 울음을 터뜨렸다.

“…눈물이 많군, 남자가.”

진운은 너무 자주 우는 모습에 슬쩍 한마디 하자,

뚝!

그 말을 들었는지 본이 울음을 그쳤다.

하지만 가늘에 어깨를 떨고 있는 것을 보면 겉으로는 강한 기사이지만 역시 그도 한 명의 인간인 것은 어쩔 수 없는 사실인 듯했다.

진운은 굳이 본의 눈물을 타박하진 않았다.

물론 남자의 눈물이 결코 보기 좋은 것은 아니다.

생각해 보라.

근육질에 전쟁터에서 굴러다니던 남자의 눈물이 과연 같은 남자가 봤을 때 여자의 눈물처럼 느껴질까?

처음이야 진한 감동이지만 계속되면 약발이 떨어진다.

감동은 일회용이지만 아름다움은 영원한 것처럼 말이다.

"저기……."

"……?"

진운이 노래를 작게 부른다고 불렀는데, 사람이 거의 없는 곳이다 보니 다른 이에게도 들린 모양이었다. 누군가가 다가왔다.

"방금 부른 노래… 좀 알려주실 수 있습니까?"

"노래를?"

"네."

의외의 부탁이었지만 딱히 거절할 생각이 없어 진운이 고개를 끄덕였다.

"감사합니다. 제 아들 앞에서 불러주고 싶습니다."

진운은 바닥에 가사를 써 멜로디와 함께 알려주었다. 그는 어설프지만 열심히 배워 아들의 묘로 갔다.

조심스레 그의 입에서 노래가 흘러나왔다.

물론 금방 외운 가사에 몇 번 귀동냥으로 들은 노래이기에 박자도 틀리고 음정도 틀렸지만 진심만은 전해지기에 충분했다.

그 모습을 천천히 일별하며 진운과 본은 몸을 돌렸다.

나중에 대륙 전체에서, 조용필의 '이젠 그랬으면 좋겠네'

라는 노래가 용병들 사이에서 죽은 동료에게 불러주는 진혼
가가 될 줄은, 이때의 진운은 상상도 하지 못했다.

*　　　*　　　*

"참 대단한 전투네."

진운은 나팔 소리와 함께 시커먼 사람 머리가 우르르 몰려
가는 것을 보면서 처음에는 애들이 동네 골목대장 정할 때 하
는 장난처럼 느꼈다.

사실 총과 폭탄, 탱크와 전투기가 즐비한 걸프전과 이라크
전 등을 TV로 보았던 진운이다.

거기다 할리우드의 엄청난 특수효과로 만들어진 여러 전
쟁영화를 보고 자라온 진운에게 지금 이곳의 전투는 한마디
로 머릿수 싸움 그 이상도 이하도 아니게 느껴졌다.

"그런가요?"

본은 왜 진운이 전투 시작을 알리는 행군을 보고 이런 말을
하는지 전혀 이해하지 못했다.

진운은 사망자가 많이 나올 수밖에 없는 전투 방식을 보고
는 혀를 찰 뿐이었다.

옛날 중세시대 십자군 원정의 전투를 축소시켜 놓은 것 같
은 광경이었다.

그렇게 한심한 듯 둘러보던 진운은 뭔가 이상한 것을 보고
는 본에게 물었다.

"본."

"네, 진운님."

"저건 뭐지?"

진운이 걸어가면서 손가락으로 가리킨 것은 대열의 뒤에
서 오고 있는 특이한 녀석들이었다.

마치 단체복을 맞춰 입은 듯 붉은색의 로브에 후드까지 뒤
집어쓴 특이한 녀석들이 뒤쪽으로 여럿 보였다.

본은 그걸 보고는,

"마법사입니다."

"마법사?"

마법사라면 시커먼 로브라는 이미지가 있던 진운은 그 빨
간색이 레드아이 기사단과 비슷함을 알아보았다.

"혹시 저 녀석들도 레드아이 기사단이란 녀석들처럼 황실
직속 마법사나 그런 건 아니겠지?"

본은 어색하게 웃으면서,

"레드아이 기사단을 본 적이 있으십니까?"

기사라면 누구나 황실 직속 기사단인 레드아이 기사단에
들어가기를 꿈꾼다는 것을 알 리 없는 진운은 그저 특이한 기
사단쯤으로 생각했다.

"응, 너와 세론을 찾다가 우연히."

"네……."

본은 진운이 자신과 세론을 찾으려고 무언가 했다는 것에
나름 고마움을 느꼈다.

"우선 저들은 황실 소속은 맞지만 실제로 움직이는 것은
제국의 마법사들이 독자적으로 모여서 만든 마탑의 명령으로
이곳에 온 것입니다."

"마탑?"

"네, 정확하게는 마탑주의 명령으로 온 것이나 마찬가지지
만, 황실에서 자금을 지원받으니 돈을 벌려고 온 우리와 달리
저들은 명령 때문에 온 것입니다. 해서 조금이라도 전투가 불
리하면 무조건 도망갑니다. 그러니 마법사의 지원은 없는 거
라고 생각하는 게 속 편합니다."

본도 딱히 마법사를 좋게 보고 있진 않는 것 같았다.

사실 마스터를 상대로 싸울 때 마법사의 지원만 있었어도
세론이 죽지도, 그가 왼팔을 잃지도 않았을 것이다.

그러니 마법사가 좋게 보일 리가 없다.

"명령 때문에 온 놈들이 다 그렇지, 뭐."

진운은 한국의 군대도 징집제이기에 억지로 가는 군대를
개인적으로 좋아하지 않았다.

물론 아직 군대를 가본 적은 없지만 말이다.

　본래의 진운은 주민등록이 말소되었을 것이고, 신분 세탁을 한 진운은 이미 군대를 면제받아 있으니 가고 싶어도 못 가는 것이다.

　그 대신 이곳에서 개고생을 하고, 일루미나티를 상대해야 하는 운명에 처하긴 했지만 말이다.

　레이나 이외의 마법사를 처음 본 진운은 처음에는 호기심을 드러냈다.

　하지만 곧 그 흥미가 급격히 사라져 버렸다.

　전쟁을 하러 오는데 시시덕거리며 잡담을 하질 않나, 여자 마법사라도 있으면 주변에 남자들이 득시글거리며 잘 보이려고 작업을 걸어댔다.

　용병이나 병사들은 죽을지도 모르기에 잔뜩 긴장해 있는데, 그들은 마치 소풍이라도 가는 것 같다.

　거기다 지금껏 마법사가 단 한 명도 다친 적이 없다고 하자 진운과 본은 동시에,

　"당나라 마법사네."

　"당나라 마법사입니다."

　하는 말이 저절로 튀어나왔다.

　아무튼 알게 모르게 이것저것 조금씩 배우며 전장으로 했다.

　약속한 듯 카르돈 쪽의 병사와, 진운이 있는 아르돈 쪽의

병사가 서로 마주 보면서 멈춘 곳은 어느 평지였다.

이 지역에서 유일하게 평평한 곳이기에 어쩔 수 없이 이곳에서 대부분 전투를 시작하고 끝낸다고 들은 진운은 본에게 슬쩍 고갯짓을 하더니,

"그 빌립 공작이라는 녀석이 나타나기 전까지는 뒤로 빠져."

"네? 알겠습니다."

본은 그래도 진운이 조금은 전투에 도움이 되어주지 않을까 기대했다.

하지만 아예 빌립 공작이 나오지 않으면 움직일 생각이 없어 보이자, 조금은 힘 빠진 목소리로 대답했다.

"싸움은 시작도 본인이, 결과의 책임도 본인이 져야 하는 거야. 무력을 자랑할 생각이라면 넌 기사가 아니라 용병이 어울리는 녀석이다."

독설 같은 진운의 말에 본은 흠칫하고는 즉각 고개를 번쩍 들더니,

"죄송합니다, 진운님."

"내가 저런 병사들 상대로 날뛰어봐야… 얻을 게 있겠냐?"

진운이 턱짓으로 카르돈 쪽의 병사들을 가리키자 본도 그 말에는 저절로 고개가 끄덕여졌다.

백작가의 기사들을 주먹 한 방에 한 명씩 죽여 버린 진운이
다.

맨손으로 검을 든 기사단 전원 중에서 한 명을 제외하고 죽
이는 데 불과 몇 초밖에 걸리지 않았던 진운이 이곳에서 카르
돈 병사들을 상대로 날뛴다면?

"…학살 수준이군요."

"맞아."

진운이 마음먹기에 따라 전투의 방향이 완전히 뒤집어지
는 것은 일도 아닌 것이다.

그것을 보면 확실히 마스터의 존재가 얼마나 전쟁 억지력
을 가지고 있는지 쉽게 알 수 있다.

쾅!!

진운과 본이 슬쩍 뒤로 빠져서 구경을 한 지 어느 정도 시
간이 흘렀을까?

두 병력이 맞닿은 곳에서 커다란 폭발음이 들리더니 사람
으로 보이는 것이 하늘 위로 튀어 올랐다가 땅으로 떨어지는
모습이 보였다:

"마법사들입니다."

거의 견인포로 포탄을 날린 것처럼 엄청난 폭발이 일어났
다.

그와 함께 포탄이 떨어진 것처럼 크레이터를 만드는 것까

지 너무나 흡사했다.

진운은 호기심 어린 눈으로 쳐다보았지만, 그것은 얼마 가질 못했다.

"뭐야? 이게 끝이야?"

겨우 네 번 폭발이 일어나더니 갑자기 카르돈 쪽의 마법사들이 물러나기 시작했다. 그와 동시에 약속이라도 한 듯 아르돈 쪽의 마법사들도 물러나더니 전투야 어찌 되든 말든 그대로 진지 쪽으로 가버리는 것이다.

"그냥… 마법 실험하는 걸로 보시면 됩니다."

말 그대로 마법을 몇 번 써보고는 그냥 돌아가는 모습에 기가 찼다.

하늘에서 번개가 치고, 불덩이가 날아다니고, 사람이 날아다니는 그런 스펙터클한 마법까지는 기대하지 않았지만, 이건 무슨 애들 장난도 아니고 겨우 네 번의 폭발 마법을 쓰고는 동료에게 업혀가는 마법사까지 있었다.

저런 마법사들과 비교하여, 거의 난사 수준으로 마법을 원하는 만큼 뿌려대는 레이나가 얼마나 대단한 마법사인지 다시 한 번 느낄 수가 있었다.

"마법사가 주문 외우다 혀를 씹어서 실패하는 경우도 있으니, 너무 기대하지 마십시오."

본이 재차 당부하자 더 기가 찼다.

거기다 거의 마법을 배운 지 얼마 되지 않는 초급 딱지를 달고 있는 마법사들이기 때문에 오늘처럼 폭발 마법을 네 번이나 사용한 것도 대단한 것이라고 칭찬까지 했다.

마법사들이야 어차피 없어도 그만, 있어도 그만이라는 것을 모두가 알고 있는지 마법사들이 뒤로 빠지는데도 병사와 용병들은 주구장창 칼질하기에 바빴다.

"안 나오려나?"

일부러 기척 지우기 기술을 사용해서 본의 옆에 앉아서 기다리기를 벌써 한 시간.

빌립 공작이라는 녀석은 도통 나올 기미도 보이지 않았다.

"그게… 저도 소문으로 들은 거라 확실하진 않습니다."

시간이 갈수록 오히려 지겨워지는 진운과 달리 본은 초조해지기 시작했다.

일부러 자기 때문에 상관도 없는 전투에 진운이 따라 나오기까지 했는데 빌립 공작이 나타나지 않는다면 허탕을 치는 것이다.

그리고 어제 말하기를, 오늘을 끝으로 아이린의 곁으로 돌아간다고 했기에 오늘이 아니면 본에게는 복수의 기회도 사라지는 것이다.

사실 본 스스로가 마스터가 되어 빌립 공작을 상대하는 것은 본인이 생각해도 말도 안 되는 일이었다.

"인연이 아닌가?"

슬슬 더 이상 빌립 공작이 나타나지 않을 것 같다는 생각이
굳어져 갈 때쯤,

"……!"

벌떡!

놀라는 표정과 함께 진운이 그 자리에서 벌떡 일어서더니
한곳을 뚫어지게 쳐다보았다.

본도 따라 일어서 보자, 그토록 기다리던 카르돈 제국의 두
번째 마스터이자 대륙의 서열 4위 마스터인 빌립 공작이 새
하얀 갑옷에 백마를 타고 마치 용사라도 되는 양 전장에 모습
을 드러냈다.

"본. 저놈 맞지?"

"네, 저자가 빌립 공작입니다."

확답을 얻자 진운의 입가에 미소가 피어나기 시작했다.

"본, 잘 따라와라."

진운은 그 말을 끝으로 한순간에 본의 시야에서 사라져 버
렸다.

"진운님!"

뒤늦게 진운이 움직였다는 것을 깨달은 본은 그대로 뛰기
시작했다.

본의 시야에는 진운이 보이지 않지만 어차피 그가 갈 곳은 뻔했다.

본은 눈에 걸리는 것은 아군이든 적군이든 가리지 않고 밀쳐내면서 미친 듯이 달렸다.

Chapter
09
마 스 터 대 마 스 터

빌립은 어제, 아니, 오늘 아침까지 계집을 품었다. 덕분에 전장에 늦게 나오게 되어, 등장이라도 확실하게 존재감을 보여주고 싶었다.

그래서 일부러 화려하게 차려입고 타이밍을 잡아 애마의 배를 걷어차려는 순간, 웬 놈이 눈앞에 나타나자 당황하여 물었다.

"…네놈은 뭐지?"

"나?"

검은 머리에 검은 눈동자의 진운이 손가락으로 자신을 가

리키면서 빌립의 말에 대답하자,

"넌 어느 영지 소속인데 내 길을 막는 것이냐?"

빌립은 지금 있는 곳이 카르돈 진지의 가장 뒤쪽이기에 당연히 자신의 앞을 가로막은 진운을 카르돈 쪽의 영지병이나 용병으로 생각했다

씨익~

빌립의 물음에 대답 대신 입가에 미소를 지은 진운은 말없이 허리에서 롱소드를 뽑아 들더니 그대로 마나를 활성화해 오러 블레이드를 만들었다.

"헙!!"

빌립도 갑자기 나타난 녀석이 바로 눈앞에서 오러 블레이드를 만들자 크게 놀라 부릅뜬 눈이 진운의 검에서 떠날 줄을 몰랐다.

"네, 네놈은 누구냐!!"

아르돈 제국에서 제국의 마스터를 이런 국지전에 단 한 번도 내보낸 적이 없기에 지금 그의 놀람은 더욱 클 수밖에 없었다.

거기다 지금껏 본 적 없는 얼굴이었다.

그러다가 문득 진운의 검은 머리카락에 시선이 가더니, 진운의 검은 눈동자를 확인하고는,

"설마… 네놈이……"

이미 진운의 검은 머리카락과 눈동자를 아는 사람은 다 알 만큼 소문이 퍼졌기에 빌립도 금방 알아본 것이다.

"빙고~ 내가 바로 여섯 번째 마스터이지."

잇몸까지 드러날 만큼 진운의 미소가 크게 번지자 빌립이 말에서 훌쩍 뛰어내리더니,

"물러나라!!"

큰 소리로 자신의 주변 병사들을 물러나게 했다.

그리고 허리에서 검을 뽑더니 진운과 같이 마나를 활성화시켜 오러 블레이드를 뽑아냈다.

"오……!"

진운은 처음으로 본인 이외의 오러 블레이드를 본 것이기에 잠시 감탄했다.

동시에 어째 조금 이상하다는 것도 느꼈다.

'왜 저리 불안전하지? 마나가 흔들리고 흐름도 일정하지 않고.'

마나의 파동까지 느낄 만큼 마나에 민감한 진운의 감각에는 빌립의 오러 블레이드가 뭔가 부족하게 느껴지는 것이다.

완벽하게 검의 모양을 만들고 있는 진운의 오러 블레이드와 달리 빌립의 오러 블레이드는 전체적으로 무언가 흐르는 것처럼 떨림이 계속 일어나고 있었다.

거기다 빌립의 몸에서 느껴지는 마나의 파동도 불규칙적

으로 흔들리면서 심지어 끊기는 경우도 있었다.

마치 억지로 마나를 뽑아서 강제로 오러 블레이드를 만들었다는 느낌이랄까?

아무튼 반쪽자리 오러 블레이드라는 느낌을 강하게 받고 있는 것이다.

그런데 빌립은 진운이 자신의 오러 블레이드를 보고서 고개를 갸웃거리더니 주춤하는 모습에 기가 죽었다고 생각했는지,

"크하하하하핫!!"

목청껏 크게 웃더니 진운을 똑바로 쳐다보면서,

"어떤가, 우리 카르돈 제국으로 오는 것이? 이래 봬도 내가 공작이거든. 자네만 좋다면 내가 얼마든지 자네를 위해 해줄 수 있는 것이 많은데 말이야. 어떤가?"

빌립의 말에 진운은 피식 바람 빠지는 듯한 웃음을 짓고는 조용히 대꾸했다.

"웃기고 있네."

그 말과 동시에 진운의 모습이 사라져 버렸다.

쾅!!

그런데 진운이 사라진 순간 빌립은 급히 검을 들어 옆을 막았다.

엄청난 충격음과 함께 사방으로 충격파가 퍼져 나가면서

진운이 다시 모습을 드러내었다.

"빠르군!"

빌립의 진심이었다.

진운이 사라졌을 때 마스터인 자신도 움직임을 전혀 볼 수 없었으니 말이다.

공격을 막을 수 있었던 것은 모두 마스터만이 가지는 특유의 감각 덕분이었다.

본래 이 감각은 마법사를 상대할 때 최대의 위력을 발휘하지만 진운과 같은 상대로도 확실히 그 위력을 발휘했다.

그 덕분이 아니었다면, 마스터라는 이름이 부끄러울 만큼 단칼에 허리가 잘려 비명횡사할 뻔한 빌립이었다.

"이제 시작인데?"

진운은 빌립이 자신의 검을 막았다는 것에 전혀 개의치 않는지 검이 떨어지자마자 소나기처럼 빌립을 향해 검을 휘두르기 시작했다.

쾅쾅쾅쾅!! 쾅쾅쾅쾅쾅!!

마스터끼리 싸우는 일이 거의 없는 대륙에서 정말 오랜만에 마스터 대 마스터의 결투가 벌어지고 있는 것이다.

하지만 그 위력이 너무나 강하다 보니 주변이 쑥대밭이 되고 있다는 게 문제였다.

"크악!!"

“내 팔!!”

“크악! 쿨럭!”

진운의 오러 블레이드가 빌립의 오러 블레이드를 내려칠 때마다 엄청난 충격파가 사방으로 퍼져 나갔다.

지축이 흔들리는 것도 모자라 가끔 충격파 자체가 위력이 죽지 않고 근처에 병사를 잘라 버리면서 지나갔다.

“살고 싶으면 물러나!!”

“젠장! 어서 뒤로 튀어!!”

졸지에 카르돈 진영은 아비규환이 되어버렸고, 아르돈 쪽에서는 갑작스런 적의 혼란에 오히려 당황했다.

거기다 아르돈의 진영까지 생생하게 들리는 진운과 빌립의 대결 소리가 한순간에 전투 자체를 멈추게 만들어 버렸다.

“저건 도대체 뭐야?”

쾅쾅!!

빛이 번쩍일 때마다 땅이 흔들리는 느낌을 고스란히 몸으로 느낀 카르돈 제국의 병사와 아르돈 제국의 병사들은 서로 죽고 죽이는 적이란 것도 잊고 모두 진운과 빌립이 싸우는 곳을 쳐다보고았다.

그 덕분에 본은 생각보다 빠르게 진운이 있는 곳에 도착할 수가 있었다.

물론 진운의 생각보다는 많이 늦었지만 말이다.

훌쩍!

갑자기 미친 듯이 검을 퍼붓던 진운이 돌연 멀찍이 뒤로 물러났다.

빌립은 그제야 가쁜 숨을 몰아쉬면서 호흡을 크게 해 마나를 보충하기 시작했다.

하지만 이미 진운의 공격에 많이 소모한 듯 오러 블레이드가 눈에 띄게 흔들리고 있었다.

"늦었구나."

진운이 본을 발견했다.

"죄송합니다."

"그보다 저 녀석 정말 마스터 서열 네 번째 맞아?"

생각보다 약한 빌립의 모습에 실망한 진운이 본에게 물어보자,

"저도 자세한 것은 모르지만 마스터끼리 서로 대결한 적이 없기에 그저 마스터가 된 기간을 가지고 서열을 나눈다고 들었습니다. 사실 마스터만 가지는 기술인 마나 영역으로 하는 싸움도 있지만 실제로 하지는 않는다고 들었습니다."

마스터는 대륙에 단 다섯 명.

숫자가 너무나도 적은 것도 있지만 오러 블레이드를 만들어서 전장에서 날뛰는 마스터를 솔직히 누가 상대하겠는가?

같은 마스터가 아니라면 상대는커녕 도망가다가 죽을 것

이다.

거기다 마스터 특유의 감각으로 마법으로 공격해도 피해 버리거나 오러 블레이드로 마법 자체를 무효화해 버리니 사실 대륙에 있는 마스터의 서열을 따지는 것은 말이 안 되었다.

하지만 그래도 떠들기 좋아하는 사람들이 있게 마련인지, 다섯 명의 마스터 중 누가 가장 강한지 이야기가 나오기 시작하자 사람들의 입을 통해 퍼지면서 어느 순간 마스터가 된 경력으로 서열이 나눠지게 된 것이다.

사실 어떤 미친놈이 마스터 다섯 명을 모아놓고 대결시키겠는가?

그런 짓을 할 황제도 없지만 그걸 허락할 마스터도 없었다.

드래곤의 지배를 받던 과거에는 드래곤을 상대로 살아남기 위해 마스터가 되었다면, 드래곤의 지배가 끝나 버린 현재에는 마스터란 정치적인 도구라는 그 의미가 더욱 컸다.

마스터가 되었지만 막상 어디 쓸 데가 없는 것이다.

전쟁에 나가봐도 상대가 없었고, 같은 마스터끼리 붙는 것은 서로 전면전이 벌어지지 않는 이상 사실상 불가능했으니 말이다.

그러다 보니 빌립 공작은 자신의 스트레스를 이렇게 국지전에 모습을 드러내면서 풀고 있었던 것이다.

　실제 바벨의 탑에서 목숨을 걸고 미친 듯이 마스터에 오른 진운과, 수련으로 마스터가 되었지만 그저 스트레스 해소용으로 칼질하던 빌럽의 차이는 같은 마스터라고 부르기도 민망할 지경이었다.

　"알 만하다, 알 만해."

　진운은 혹시나 했던 마스터에 대한 호기심이 빌럽으로 인해 완전히 사라지고 있었다.

　조금만 마음먹고 빠르게 움직이면 그것을 완전히 놓쳐 버리고, 마스터 특유의 감각에 의존해서 겨우 막는 데 급급해하는 수준이며, 검술도 아니고 오로지 힘으로 처음부터 끝까지 내려치기만 했는데도 단 한 번도 반격하지 못하는 모습에 실망스럽기 그지없었다.

　마스터라고 부르기도 아깝다는 생각이 절로 들었다.

　사실 진운의 판단으로 오러 블레이드라는 사기적인 것 없이 검술로만 본다면 오히려 본이 더 강하다는 게 진운의 판단이었다.

　본의 검술을 이미 접한 적이 있는 진운은 일반 백작가의 기사보다 못한 검술을 가지고 있으면서 어떻게 마스터가 되었는지 그게 더 이상하다는 생각이 머릿속에서 떠나질 않았다.

　"이놈!! 덤벼라!!"

　호흡을 통해 마나가 어느 정도 회복된 빌럽이 다시 큰소리치기 시작했다.

진운이 일부러 쉬라고 틈을 내준 것도 모르는 모양이었다.

피식 웃으며 진운이 본의 어깨를 툭툭 쳤다.

"본."

"네, 진운님."

"진짜 맹수는 울지도 짖지도 않는다. 다만……."

스르륵.

말을 하다가 갑자기 사라진 진운은,

스걱!

턱!

떼구루루!

다시 모습을 드러냈을 때는 빌립의 목을 베어버리고서 태연하게 서 있다.

잘려진 빌립의 머리는 아직도 자신이 왜 죽었는지 모르는 듯 눈을 껌뻑이면서 진운을 쳐다보고 있었다.

그러거나 말거나 진운이 천천히 몸을 돌려 오러 블레이드에 마나를 집중하자,

쑤우욱!

"허걱!!"

"말도 안 돼. 저렇게 커다란 오러 블레이드라니……."

마치 살아 있는 듯 진운의 롱소드에 오러 블레이드가 죽 커

졌다.

　말 정도는 단칼에 베어버릴 만큼 엄청난 크기의 참마도 비슷한 길이로 변해 버렸고, 그것을 지켜본 병사들은 경악을 금치 못했다.

　기껏해야 검 위에 마나를 덧씌워서 모든 것을 베어버리는 것이 오러 블레이드라는 대륙의 정설을 완전히 뒤집어 버리는 진운의 오러 블레이드는 하나의 충격이었다.

　저벅저벅.

　대륙의 마스터 중의 한 명인 빌럽 공작을 그렇게 죽여 버린 진운은 본의 곁으로 오더니,

　"목을 물어뜯을 뿐이다. 그리고 마스터는 우리 안의 사자가 아니라 들판의 늑대가 되는 것이다."

　"알겠습니다, 진운님."

　"가자."

　진운이 본을 데리고 걸음을 옮기기 시작하자 누가 시키지도 않았는데 병사들이 양쪽으로 갈라지더니 정확하게 아르돈 제국의 진영으로 향하는 길을 뚫어주었다.

　이로써 대륙에는 마스터의 서열은 경력이 아닌 오러 블레이드의 크기로 정해진다는 새로운 기준이 생기고 말았다.

　물론 진운이 만든 그런 무식한 오러 블레이드는 이후 다시는 나타나지 않았지만 말이다.

타닥타닥.

진운과 본은 모닥불을 사이에 두로 서로 말없이 앉아 있었다.

빌럽 공작을 베어버리고 그 길로 곧바로 진운은 본을 전장을 데리고 벗어났다.

당연히 아르돈 쪽에서 진운을 향해 양팔 벌려 환영하듯 다가왔지만,

스격!

진운의 오러 블레이드가 그곳의 총책임자인 간부가 타고 있던 말을 통째로 베어버리자 찍소리도 못하고 조용히 보내줄 수밖에 없었다.

그리고 그 후로 서로 단 한 마디도 하지 않고 걷다가 겨우 멈춘 곳이 이 야영지였다.

사실 진운은 일부러 입을 다물어준 것이다.

대륙을 충격에 빠뜨린 진운의 오러 블레이드 때문인지 상념에 빠진 본은 말조차 잊고 무언가를 잡기 위해서 내면에서 노력을 하고 있었다.

그런 그를 외부에서 건드리는 것은 절대 해서는 안 될 일임

을 진운도 알기에 일부러 가만히 있는 것이다.

야영지에 도착해서도 한참 동안 모닥불만 쳐다보던 본이 겨우 입을 연 것은 해가 떨어지고도 오랜 시간이 지난 뒤였다.

"진운님."

"응?"

"우리 안의 사자라는 말씀이… 지금 대륙의 마스터를 두고 하는 말씀이십니까?"

"훗, 정정하지. 우리 안의 고양이다."

거만할 정도의 발언이다. 마스터를 고작 고양이로 만드는 것이니까.

하지만 그런 진운의 말에 본도 왠지 수긍하는 표정이었다.

"역시… 진운님이 보시기에도 그렇군요."

"빌립 공작이었나? 마스터라는 이름이 아깝더군. 너무나 형편없어. 조금이나마 기대한 내가 오히려 바보같이 느껴질 만큼."

진운의 입에서 더 이상 나올 수 없는 최악의 평가가 쏟아지기 시작했지만 본은 묵묵히 듣기만 했다.

그러다가 불현듯 고개를 들더니,

"진운님은 정말 마스터이십니까?"

"나?"

너무나 압도적인 무력이다.

아무리 우리 안의 사자라고 해도 마스터는 마스터였다.

오러 블레이드가 애들 장난감도 아니고 특히나 마스터 특유의 감각 때문에라도 마스터와 일반 기사의 차이는 하늘과 땅 차이이다.

그건 본 스스로가 직접 경험했기에 알고 있다.

사실 본은 직접 부딪쳐 본 빌립 공작의 검술 실력은 그리 높게 보고 있지 않았다.

빈틈이 많았고 무언가 어설펐다.

하지만 그 모든 약점을 무시할 수 있는 마스터만의 능력이 있었기에 지금 왼쪽 팔이 있던 자리가 허전한 것이다.

그리고 왠지 자신도 마스터가 될 수 있을 것 같다는 희망도 사실 조금은 가지고 있었기에 전장에 계속 남아 있었던 것인데, 진운의 무력을 보고 난 뒤에는 그 모든 게 마치 아무것도 아닌 것처럼 느껴지는 본이었다.

"나를 가르친 스승이 나를 마스터라고 했으니 난 마스터 맞아."

"스승이… 누구십니까?"

진운의 스승이라는 말에 본이 흥분한 듯 떨리는 목소리로 물어보자,

"레이나."

"레이나… 라면……."

본은 레이나라는 이름을 기억하고 있기에 바로 누군지 떠올랐다.

설마 하는 생각에 다시 진운을 보자,

"참고로 지금 현재 순수하게 무력으로는 그녀보다 내가 더 강해."

"네……."

"그리고 이왕 말을 꺼낸 김에 해야겠다. 내가 너를 찾은 이유는 부탁을 하나 하기 위해서다."

진운은 아이린이 말하는 것보다 자신이 하는 게 좋을 것 같다고 판단했다.

아이린이 말한다면 부탁이 아니라 명령이 되어버리기에 아무래도 자신이 말하는 게 본에게는 생각할 여유가 더 있을 것 같았다.

진운은 자신이 왜 직접 찾아왔는지를 설명하기 시작했다.

"나를 대신해서 누군가를 지켜줬으면 해서 너와 세론을 찾아왔는데, 쩝, 조금 늦어버린 모양이구나."

본은 어차피 빠르든 늦든 그건 관계가 없었다.

"누구를 지켜달라는 말입니까?"

"그래."

"그게 누구길래……?"

웬만한 왕국 하나는 마음먹기에 따라 찜 쪄 먹을 수 있는 능력과 무력을 가진 진운이 겨우 일반 기사인 자신에게 누군가를 지켜달라고 말하자 바로 이해가 되지 않았다.

"내 가족이야."

"네? 가족이라면……?"

"얼마 전에 고향에서 이쪽으로 잠시 넘어와 있는 상태야. 그쪽 일이 해결되면 다시 돌아가겠지만 그전까지는 한동안 이곳에서 지내야 해. 하지만 문제는 나는 일을 해결하기 위해 고향으로 돌아가야 한다는 것이지. 가족을 이곳에 두고 말이야."

"아, 그래서… 저에게?"

"응, 실력도 실력이지만 사실 믿을 만한 사람이 필요하거든."

본은 진운의 말에 고개를 끄덕였다.

사실 진운이 뭐가 아쉬워서 자신에게 부탁을 하겠는가.

본은 오히려 지금 이 부탁이 싫지 않았다.

딱히 진운이 무언가를 해주겠다고 한 것은 아니지만, 본은 곧바로 고개를 끄덕이면서,

"제가 죽는 순간까지 지켜 드리겠습니다."

"그래?"

진운은 자신이 검술을 가르쳐 주겠다는 조건을 말하려고

했는데 그보다 먼저 본이 승낙해 버리자 어영부영 말을 삼켜
버렸다.

"세론의 복수를 해주신 것만으로도 이미 큰 은혜를 입었습
니다. 그런데 아이린 아가씨도… 진운님과 같이 다니고 있는
겁니까?"

진운이 이곳에 있다는 것은 당연히 아이린도 같이 있다는
말이었다.

"맞아. 지금 내 가족과 레이나와 같이 기다리고 있는 중이
야. 하지만 내가 고향으로 떠날 때는 아이린도 같이 가야 해.
이유는 나보다 더 잘 알겠지?"

"네, 진운님."

본은 그랜트 자작이 아직 아이린을 포기하지 않고 찾아다
니고 있다는 것을 최근에까지 소문으로 들어서 알고 있었다.

레이디를 모시기로 맹세한 기사인 본이 정작 그 레이디를
다른 사람에게 맡기고 전쟁터를 떠돌다 한쪽 팔까지 잃어버
린 것에 나름 마음이 심란한 듯한 표정을 지어 보이자 진운은
한숨을 쉬면서,

"에휴, 뭐, 마스터가 될지 안 될지는 모르지만 나한테 배워
볼래?"

흠칫!

진운의 말에 방금 전의 서글픈 표정이 완전히 날아가 버린

본은 멍한 표정으로 진운을 보더니,

"진운님, 그 말 진심이십니까?"

"그럼 내가 농담하는 걸로 들려? 나도 내 가족을 맡기는 이상 약한 놈은 싫으니까. 어떻게 할래?"

"죽더라도 배우겠습니다!!"

야영지가 떠나가라 큰 소리로 대답하는 본이었다.

그걸 쳐다보는 진운은 뭔가 음흉한 미소를 지었다.

"후후훗, 그 말 확실히 기억할 테니 나중에 딴소리하기 없기다?"

"제 목숨과 능력이 닿는 데까지 모든 것을 걸고 배우겠습니다."

씨익.

본은 이 순간 진운의 음흉하면서도 살기가 살짝 비치는 웃음을 미처 보지 못했다.

진운은 자신이 레이나에게 받은 수련을 그대로 본에게 전수할 생각이었다.

'죽기 직전에 레이나가 살려주겠지.'

하는 생각을 아주 태연히 하면서 말이다.

*　　　*　　　*

“본… 경, 그 모습은… 도대체…….”

진운과 함께 무사히 돌아온 본을 반가워하던 아이린은 왼쪽 팔이 있어야 할 곳이 허전하다는 것을 보고는 놀란 눈으로 물었다.

“그렇게 됐습니다, 아가씨.”

별다른 말을 하지 않는 본이었다.

사실 딱히 설명 자체가 필요 없기도 했다.

애초에 진운이 가져온 메모를 보았을 때 아이린은 ‘그래도 살아는 있을 거야’라면서, 혹시나 있을지 모르는 최악의 상황을 애써 외면했던 것이다.

그런데 막상 돌아온 것은 본 혼자였다.

거기다 검을 다루는 기사에게는 거의 치명적이라고 할 만큼 약점이 될 수도 있는 외팔이가 되어버린 모습을 보고 놀라지 않는다면 그게 이상했을 것이다.

“세론 경은… 어떻게 됐나요?”

같이 오지 않았다는 것에 짐작은 했지만 애써 아니라고 소리치는 듯 물어보자 본은 조용히 아이린을 향해 고개를 숙였다.

“전사했습니다.”

“…….”

아이린은 놀라기는 했지만 그것도 잠시뿐이었다.

곧 정신을 차린 듯 본을 똑바로 쳐다보면서,

"본 경의 왼팔과 세론 경을 죽인 자가 누군가요?"

나직하게 물어보는 모습에 본은 담담하게 말했다.

"빌립 공작입니다."

"헉!!"

아이린도 잘 알고 있는 이름이다.

워낙에 아르돈 제국과의 싸움에서 부딪치는 일이 많았기에 굳이 귀족이 아니라도 웬만큼 소식통이 밝은 용병도 빌립 공작의 이름을 알고 있을 만큼 유명했으니 말이다.

다만 본과 세론이 빌립 공작을 만났을 거라는 생각은 하지 않고 있던 아이린은 만났다는 말에 결국 고개를 떨구고 말았다.

아이린이 굳이 적에 대해서 물어본 것은 나중에 복수를 하기 위해서이기도 하지만, 자신의 두 명뿐인 기사 중에 하나를 죽이고 다른 한 명을 외팔이로 만든 녀석을 결코 잊지 않기 위해서였다.

그런데 상대가 하필이면 카르돈 제국의 마스터 두 명 중 한 명이라는 말에 힘이 빠져 버렸다.

"아가씨. 빌립 공작은 죽었습니다."

"……!!"

너무나 답답한 본의 말투에 아이린은 순간 자신이 잘못 들었나 싶어 고개를 들었다.

본의 얼굴은 전혀 표정 변화가 없었다.

오랫동안 곁에서 지켜본 아이린은 본이 거짓말을 할 때 한쪽 눈이 살짝 떨린다는 것을 알고 있었다.

그런 떨림도 전혀 보이지 않자 지금 한 말이 진짜인지 오히려 의심이 들었다.

"그게 무슨 말인가요? 빌립 공작이 죽다니? 그는 대륙에 다섯 명뿐인 마스터 중의 한 명이에요. 누가 그를 죽인……."

말을 하던 아이린은 순간 빌립 공작을 죽일 수 있는 인물이 있다는 것을 깨닫고 고개를 돌려 진운을 바라보았다.

"왜?"

"진운이 그랬나요?"

"응."

"어째서?"

매사에 무덤덤하고 특히나 자신과 관련이 없으면 거의 방관자처럼 행동하던 진운이 빌립 공작을 죽이다니?

아이린이 알고 있는 진운의 성격이라면 도저히 있을 수 없는 일이었다.

냉정하게 말해서 아이린이 본 진운은 철저하게 개인적이고 자기중심적인 성격이었던 것이다.

"내 실수를 만회하기 위해서일 뿐이야."

별다른 설명은 하지 않았지만 진운도 그리 표정이 좋지 않았기에 더 이상 묻지 않은 아이린은 우선 본을 데리고 집 안으로 들어갔다.

오랫동안 전장에 있었고, 거기다 이곳으로 오면서 쉬지 않고 걸었기 때문인지 지친 표정이 역력했다.

물어보고 싶은 것은 많았지만 우선 쉬게 해주는 게 옳았다.

그렇게 아이린이 본을 데리고 집 안으로 들어가자 레이나가 슬쩍 진운의 곁으로 다가오더니,

─마음은 풀렸어?

애초에 본에게 5년 안에 마스터가 되라는 조건을 장난으로 했다는 것을 알고 있는 레이나가 진운의 심정을 이해하는 듯 물어보자,

"더러워. 정말… 처음 느껴볼 만큼."

사실 자신이 아무런 생각 없이 한 말에 이렇게 되리라고는 진운도 레이나도 사실 전혀 예상치 못했다.

빌립 공작을 죽여도 더러운 기분은 가시질 않았다.

─그럼 대륙의 마스터를 다 죽여 버릴 거야?

"훗, 내가 아무리 내키는 대로 행동하지만 그런 짓은 안 해. 그랬다간 대륙이 전쟁으로 불바다가 될 것이 뻔한데 말이야."

소지훈과 김미영, 그리고 다슬이가 한동안 이곳에서 살아

야 하는데 굳이 전쟁 억지력을 가지고 있는 마스터를 전부 죽여 평화를 깨뜨릴 생각은 없었다.

하지만 이 더러운 기분만큼은 쉽게 가라앉질 않았다.

—진운, 너무 마음에 담아두지 마.

"알아."

—어차피 진운이 아니라도 죽을 운명이었을지도 몰라.

엘프인 레이나의 입에서 운명이라는 말이 나오자 진운은 피식 웃었다.

논리적이고 조화를 가장 최우선으로 생각하는 엘프가 미신에 가까운 운명을 말하는 것이 조금은 이상했으니 말이다.

—엘프도 운명을 믿어. 내가 하이엘프로 태어난 것도 어쩌면 운명이고, 진운을 만난 것도 운명이겠지. 안 그래?

"그럴지도."

—그보다 진운, 이번에는 정말 대형 사고를 친 거 알지?

대륙에서 다섯 명밖에 없는 마스터 중의 하나를 죽였다.

접전, 결투, 용호상박이라는 말은 아예 있지도 않는 압도적인 싸움이긴 했다.

진운과 싸운 빌립 공작은 검 한번 뺄어보지도 못하고 목숨을 잃었으니 말이다.

그뿐인가?

그 모습을 수백 명이 지켜봤다.

이건 사고를 쳐도 아주 대형 사고를 쳐버린 것이다.

어제까지만 해도 그저 무소속에 알려진 게 없는 여섯 번째 마스터였는데, 오늘부터 마스터를 죽인 마스터로 대륙에 이름을 떨치게 되었으니 말이다.

―그리고 이걸 전해주라던데.

레이나는 작은 쪽지 하나를 진운에게 건네주면서,

―도대체 정보 길드는 언제 접촉한 건지……. 정말 이곳에서 진운은 마치 이야기 속의 영웅들 길을 따라 걷고 있는 것 같아.

진운이 원하지도 않는데 이상하게 자꾸만 인연이 생기는 모습에 레이나가 한마디 했지만 진운은 그저 웃을 뿐이다.

정보 길드만큼은 정말 자신도 생각지 않고 있었으니 말이다.

진운이 쪽지를 펼쳤다.

마스터 슬레이(Master slay:마스터를 죽인 자) 진운님, 앞으로도 잘 부탁드려요.

라는 한 문장뿐이다.

예정보다 조금 늦게 도착한 탓인지 벌써 진운이 대륙의 5대 마스터 중 한 명인 빌립 공작의 목을 베어버렸다는 것을 잘 알고 있는 것이다.

하지만 이곳의 통신 수단이 정말 열악하다는 것을 생각하면 대단히 빠른 정보력이 아닐 수가 없었다.

그리고 그만큼 골치 아픈 녀석들이라는 것도 인정해야 했다.

현재 머물고 있는 이곳은 딱히 보안에 신경 쓰진 않았지만 쉽게 들킬 만한 곳도 아닌데 어떻게 알고 레이나에게 이 쪽지를 넘겼다는 것 자체가 확실히 정보 길드라는 이름이 아깝지 않은 녀석들이다.

물론 이제 본도 찾았으니 완전히 종적을 감춰 버릴 생각이지만 적만 아니라면 확실히 정보 길드는 괜찮은 곳이라는 생각이다.

정보 길드의 특성상 어느 한쪽으로 기울어지는 순간 스스로 무너지는 것을 잘 알고 있는 듯한 제린, 제인 자매였기에 진운은 딱히 건드리지만 않는다면 적대할 생각도 없었다.

"그보다 아저씨랑 누나를 어디에서 지내게 하지?"

이곳의 지리나 역사에 대해서는 아는 게 없는 진운이기에 레이나에게 물어보자,

─조금 거리가 있지만 우선 아르돈 제국은 무조건 벗어나야만 하는 건 알고 있지?

"그야 뭐……."

진운이 이번만큼은 초대형 사고를 쳐버려서 아르돈 제국에 있을 수가 없었다.

당장 카르돈 제국에서 진운을 찾기 위해 눈에 불을 켤 것이 뻔하기도 하지만, 카르돈 제국에서 마음만 먹으면 진운을 찾는 것은 시간문제일 뿐이다.

제국의 막강한 힘을 사용하면 정보 길드의 입을 여는 것도 얼마든지 가능할 테니까.

거기다 레이나는 정보 길드가 자신을 찾아온 것 때문에 나름 신경이 쓰이고 있는 중이다.

정보로 먹고사는 녀석들이 돈이 되는 진운의 정보를 그냥 썩혀둘 리는 없었다.

다만 당장 진운의 흔적이 드러나는 일은 없을 것이다.

일부러 아무렇지 않은 듯 쪽지를 남겼지만 내용을 조금만 파악하면 빨리 피하라는 신호였기 때문이다.

거기다 가치 있는 정보일수록 시간이 흘러야 더욱 가치가 높아지기에 약간의 시간적 여유가 있는 이때가 진운이 사라지기에 가장 좋은 때였다.

─정보 길드는 그대로 둘 거야?

일부러 쪽지까지 전해주면서 진운에게 힌트를 준 것을 보면 그쪽에서도 진운에게 호의가 있다는 것을 느낄 수 있다.

하지만 완전히 믿을 수 있는 녀석들이 아니기에 걱정스러

운 마음에 레이나가 한마디 하자,

"우선 아르돈 제국을 벗어나는 것에 집중하자."

―그래, 알았어.

가뜩이나 시끄러운데 자신이 레이나의 걱정만으로 굳이 호의적인 정보 길드를 건드릴 필요는 없다.

물론 지금 당장 급한 것은 이미 오래 머물러서 거의 드러나 버린 이곳을 최대한 빠르게 벗어나는 것이기에 정보 길드는 그냥 놔두기로 했다.

"준비는?"

―이미 진운이 본을 데리러 간 날 끝내고 기다리는 중이었어. 당장에라도 떠날 수 있어.

"그럼 가자."

―응.

조금은 지루한 여행이 될지 모르지만 진운은 최대한 사람들의 눈에 잘 띄지 않는 쪽으로 빠르게 움직일 생각이다.

그런데 그렇게 마무리가 거의 되었을 무렵,

찌이잉!!!

"응?"

―……?

갑자기 진운의 손에서 빛이 뿜어져 나오기 시작했다.

―진운! 게티아가 반응해!!

게티아가 갑자기 붉은빛을 뿜어내고 있다.

"붉은빛?"

지금껏 본 적 없는 반응이었다.

"레오날드!!"

갑작스런 반응에 진운은 급히 게티아에 봉인되어 있는 마신의 이름을 불렀다.

그러나 미처 그 대답을 듣기도 전에,

슈욱—!

진운의 형체가 허공 속에 녹아버리듯 자취를 감추었다.

—진운!!

타탁!!

레이나가 뒤늦게 사라진 자리에 가봤지만 이미 진운의 흔적은 더 이상 찾아볼 수 없었다.

—어떻게 된 거지?

차원 이동이라면 당연히 차원의 틈이 열려야 하는데 방금 진운이 사라진 현상은 레이나도 처음 보는 것이었다.

거기다 지금까지 푸른빛을 뿜어내던 게티아에서 붉은빛이 뿜어져 나왔다는 것에 왠지 자꾸 나쁜 예감이 들었다.

레이나는 한참을 마법으로 탐지하고 주변을 살폈다. 그러나 진운의 흔적을 어디서도 찾을 수 없었다.

게티아가 진운을 주인으로 인식하고 있으니 딱히 그에게

나쁜 일이 일어날 것 같진 않지만 이상하게 붉은빛이 계속 마음에 걸리는 레이나였다.

거기다 지금의 황당한 상황을 집안에 있는 사람들에게 알려야 하는데, 그것도 골치가 아팠다.

당연히 진운이 인솔해서 아르돈 제국을 벗어날 것으로 생각하고 있을 텐데 그 중심이자 리더인 진운이 갑자기 사라져 버렸으니 말이다.

Chapter
10
강제 귀환

"여긴……?"

레이나와 이야기하다 갑작스런 게티아의 반응으로 사라져 버린 진운이 모습을 드러낸 곳은 뜻밖에도 지구였다.

그것도 진운이 습격을 받았던 호텔에서 그리 멀지 않은 곳에 있는 공원 벤치에 앉은 채로 눈을 뜬 진운은 잠시 어리둥절했다.

자신이 왜 이곳에 있는지, 어째서 벤치에 앉은 채 눈을 떴는지 전혀 알 수가 없으니 말이다.

혹시나 해서 주변을 둘러보다 공원에 설치된 날짜와 시간을 알려주는 커다란 시계를 보니 정확하게 자신이 소지훈과 김미영을 데리고 갔던 그 시간에서 조금 시간이 지나 있다.

"왜 갑자기 여길 온 거야? 돌아가야 해."

지금 당장 돌아가서 소지훈과 김미영이 안전한 것을 자신의 눈으로 확인하고 다시 돌아와야 했기에 가까이 있는 공용 화장실로 들어간 진운은 차원의 문을 열려고 손을 들었다가,

멈칫!

"뭐야? 이건 도대체……."

손가락에 끼어 있는 게티아의 색이 진한 회색빛으로 변한 데다, 마치 생기를 잃어버린 듯 칙칙한 모습이다.

뭔가 상황이 이상하게 돌아간다는 느낌에 애써 무시하고 차원의 틈을 열기 위해 게티아의 이름을 불렀지만 어쩐 일인지 묵묵부답이다.

"설마……."

전혀 반응이 없었다.

혹시나 해서 손가락에서 빼내 다시 껴보기도 하고 마나를 활성화해서 게티아에 마나를 억지로 집어넣어도 봤지만 회색 빛으로 변해 버린 게티아의 모습은 돌아오지 않았다.

흡사 죽어버린 것 같은 느낌이다.

진운은 그대로 좌식 변기 위에 주저앉아 버렸다.

"도대체 뭐야? 왜 갑자기……."

마신 레오날드를 봉인했을 때 분명히 게티아를 이용해서 차원을 마음대로 넘나들 수 있다고 들은 진운은 이런 사태가 일어나리라고는 전혀 예상조차 못했다.

지금까지 공간이동의 능력을 발휘할 수 있었던 것도, 바벨의 탑으로 드나들 수 있었던 것도 모두 게티아가 있었기 때문이었다.

그렇게 중요한 게티아가 갑작스럽게 먹통이 되어버리자 아무리 진운이라도 잠시 공황상태에 빠져 멘붕이 와버렸다.

"……."

역시 시간이 지남에 따라 스스로를 컨트롤하는 능력이 탁월한 마스터의 경지 때문일까?

진운은 대략 한 시간가량 멍하니 화장실의 좌변기에 앉아서 작은 창문으로 보이는 나뭇잎을 쳐다만 보고 있었다.

처음에는 멍해 허공만 바라보던 눈이 조금씩 생기를 찾아갔다.

본래의 눈빛으로 돌아오는 데 시간이 걸리긴 했지만 잠시 후 진운은 다시 냉정을 되찾았다.

"우선 레이나가 곁에 있으니까… 최악의 경우는 피할 수 있을 거야."

그나마 천만다행으로 레이나가 대륙에 남아 있다.

순수한 무력으로는 분명 진운이 레이나보다 강하다.

그러나 그녀는 검사가 아닌 마법사. 그들을 숨기고 지키는 것에는 진운보다 나을 수 있었다.

그렇게 생각하니 한결 마음이 놓였다.

하지만 조바심이 나는 것은 어쩔 수 없었다.

하루라도 빨리 게티아의 이상 반응을 해결하여 저쪽으로 돌아가 마무리해야 한다.

"레오날드."

진운은 게티아에 봉인된 레오날드라면 혹시 뭔가 알고 있지 않을까 싶어 불러봤지만 여전히 침묵뿐이었다.

"설마… 마신인데 죽진 않았겠지."

게티아가 아무 반응이 없자 진운은 혹시나 레오날드가 죽은 것은 아닌지 살짝 걱정되었다.

그러나 그래도 마신인데 그리 쉽게 죽을 것 같지는 않아 천천히 자신의 현재 상황과 주변 상황, 그리고 최대한 합리적으로 풀어 나가기 위해 고민해 보았다.

그러던 중 진운은,

"레메게톤!"

거의 활용도가 떨어져 있지만 게티아와 함께 얻은 레메게톤이 기억나자 허공에 손을 뻗어 아공간을 열었다.

"아공간은 열리는구나."

현재 레메게톤과 칼라드볼그를 보관하고 있는 아공간도

사실 게티아의 힘을 빌려서 열었기에 혹시나 이 아공간마저 열리지 않는다면 진운은 정말 난감한 상황에 놓일 수밖에 없었다.

그런데 천만다행으로 아공간이 열리면서 익숙한 느낌의 레메게톤이 진운의 손에 잡혔다.

책을 펼쳐서 천천히 읽기 시작했다.

혹시나 자신이 빠뜨린 것이 있는지 게티아에 대해 뭔가 실마리라도 찾아보기 위해서 최대한 천천히 하나도 빠뜨리지 않고 읽었다.

하지만.

"…없어."

지금처럼 게티아가 무반응을 하는 경우에 대한 그 어떤 언급도 없는 것이다.

"젠장."

진운은 괜히 시간낭비했다는 생각에,

팡!

거칠게 레메게톤을 덮으면서 다시 아공간에 집어넣으려고 집어 들었다.

그때, 슬쩍 스치듯 진운의 눈에 비친 레메게톤의 모습이 이상했다.

"…왜 여기 색이 변한 거지?"

지금까지 레메게톤을 몇 번 꺼내서 읽어본 경험이 있기에 진운은 레메게톤을 덮었을 때 종이가 겹쳐진 부분의 색이 유독 붉게 변했다는 것을 알 수 있었다.

"여긴? 아무것도 없는 백지였는데……."

레메게톤은 처음 진운이 받았을 때도 반 정도만 쓰여 있었고, 어찌 된 일인지 뒤쪽 반이 새하얀 백지였다.

그걸 선명하게 기억하고 있는 진운은 유독 붉은색으로 변한 부분이 신경이 쓰여 다시 레메게톤을 펼쳐 들었다.

이번에는 앞장이 아닌 반대로 뒷장부터 열었다.

"역시……!"

백지였던 부분에 진운이 책을 펼치자마자 검은색으로 글씨가 그려지기 시작한 것이다.

오직 게티아를 가진 진운만 읽을 수 있는 문자였다.

능력을 거의 잃어버렸지만 게티아를 끼고 있는 이상 문자를 읽는 데는 전혀 문제가 되지 않는지 진운은 빠르게 백지에 그려지는 문자를 읽어 나갔다.

사락~

얼마나 시간이 흘렀는지 모르지만 레메게톤의 백지였던 부분이 글자로 채워지는 것을 멈추고서야 진운도 읽는 것을 멈추었다.

진운은 지금 자신이 읽은 것이 사실인지 쉽게 믿음이 가지 않았다.

"…바벨의 탑이 하나가 아니었다니… 도대체 어떻게 돌아가는 거야."

무엇 때문에 레메게톤의 뒷면부터 글이 쓰여 있는 것인지는 모르지만 그 속에는 충격적인 내용이 기록되어 있었다.

바벨의 탑이 본래 하나가 아니라 둘이라는 것이 첫 번째였고, 두 번째는 바벨의 탑이 만들어진 이유였다.

익히 아는 내용이었지만, 그 후의 내용이 전혀 새로웠던 것이다.

"이걸 믿어야 하는 건지……."

원래 바벨의 탑은 하나였다. 신에게 도전하기 위한 탑. 그러나 하늘에 닿지 못하고 무너졌다.

그것은 진운도 아는 내용이었다.

하지만 충격적이게도 바벨의 탑이 하늘에 닿는 것에 성공했다는 것이다.

기록에는 분명 인간이 신에게 도전하는 것에 분노하여 신이 벼락과 천재지변을 일으켜 중간에 무너뜨렸다고 한다.

그것이 모두가 익히 알고 있는 내용인데 그게 아니라 온전하게 바벨의 탑이 완성되어 하늘에 닿았다는 것이다.

그런데 신이 예상했든 인간의 욕심이란 끝이 없었다.

가장 먼저 바벨의 탑 꼭대기에 도착한 인간이 신이 되는 것을 허락받았다. 신이 되는 것까지는 좋았는데 돌연 그가 바벨의 탑을 부숴 버린 것이다.

자신 외 인간이 신이 되는 것이 싫었거나 두려웠으리라.

아무튼 그렇게 최초의 바벨의 탑이 무너지자 인간들은 두 번째 바벨의 탑을 쌓을 계획을 세웠다.

이미 인간이 신이 되는 것을 보았다. 모두가 두 번째 바벨의 탑을 쌓는 것에 적극 동참했다.

자신도 신이 되는 행운을 가질 수 있다는 희망을 품고서 말이다.

하지만 이미 먼저 신이 된 자가 그걸 가만히 두고 볼 리가 없었다.

인간들이 쌓으면 번개로 부숴 버리고, 그래도 또 쌓으면 홍수를 일으켜 진흙 속에 묻어버리기를 수차례.

수많은 인간들이 바벨의 탑을 쌓다가 죽어가게 되었고, 시체가 너무나 많아서 더 이상 묻을 곳이 없어 강에 버릴 정도였다.

그럼에도 도무지 인간들이 포기를 하지 않는 것이다.

그런데 상황이 이렇게 되자 신이 되려던 목적이 희미해지더니, 그 대신 신을 죽이기 위해 바벨의 탑을 쌓기 시작했다.

그동안 수많은 방해에 죽은 인간의 숫자만큼 원한도 쌓인 것이다.

결국 인간의 원한이 스며든 바벨의 탑이 만들어지면서부터 하늘에서 내리던 번개도 약해지고, 탑을 묻어버리던 홍수도 피해가는 기적이 일어나기 시작했다.

"죽이자! 신을 죽이자!"

탑을 쌓을 때마다 돌 하나, 손길 하나마다 원한이 진하게 담길수록 신의 힘이 약해지는 것을 알게 된 인간들은 더욱더 원한을 키웠고, 그럴수록 신의 힘은 더욱 약해져만 갔다.

그러다 보니 오히려 다급한 것은 그동안 수차례 방해하면서 유일신으로 남기를 원했던 처음 신이 된 인간이었다.

[이대로는 인간들 손에 죽을 수도 있다.]

신이 된 이후 수많은 기적을 일으키고, 자신의 마음대로 움직이며 하늘에서 개미처럼 움직이는 인간을 내려다보던 그의 마음에 공포가 생기기 시작했다.

자신이 인간에서 신이 되었듯 두 번째 바벨의 탑이 완성되면 두 번째 신이 탄생할 것은 분명했다.

그런데 문제는 두 번째 바벨의 탑에 서린 원한이 너무나 깊고 커서 이제는 자신의 능력과 신의 권능이 전혀 통하지 않을 만큼 강력해져 버렸다는 것이다.

그리고 그런 원한을 그대로 품은 자가 신이 된다면 자신은 죽을 수도 있다는 생각을 하게 된 것이다.

[안 돼. 난 신이야. 난 신이야.]

노력 하나로 신이 되었지만, 그 뒤 인간으로서 마지막 남아 있던 욕심을 버리지 못한 그는 결국 최악의 방법을 실행하기로 마음먹었다.

[모든 인간이 죽어버린다면… 그럼 더 이상 나를 위협하는 것은 없겠지. 그래, 그럴 거야.]

그는 지구 전체에 홍수를 일으키기로 마음먹고 자신의 모든 힘을 끌어 모으기 시작했다.

노아의 방주로 더 잘 알려진 대홍수가 바로 그렇게 시작된 것이다.

신이 된 이후 지금까지 이렇게 모든 힘을 쥐어짜듯 뽑아낸 적이 없는 신은 자신의 존재가 희미해지는 지경까지 무리를 하고 있다는 것을 전혀 모르고 있었다.

대홍수의 시작을 알리는 빗줄기가 일제히 지구 전체에 내렸다.

그 빗줄기는 하나의 송곳처럼 사람의 피부를 뚫을 만큼 강하고 굵었다.

가장 낮은 곳부터 잠기기 시작한 것이 점점 높아지더니, 언덕을 집어삼키고 산도 집어삼키기 시작했다.

그리고 40일째가 되는 날.

결국 두 번째 바벨의 탑까지 완전히 물속으로 사라져 버렸다.

바벨의 탑이 물속으로 완전히 사라지는 것을 본 신은 큰 소리로 웃으면서,

[그래, 드디어 인간이 다 죽었다! 내가 이겼어! 내가!]

하늘 전체가 울릴 만큼 커다랗게 소리쳤다.

기쁨의 웃음소리가 천둥이 되었다.

하늘에서 벼락이 떨어지면서 지구 전체가 흔들리기까지 했다.

그런데 그때,

좋아하던 신 앞에 새하얀 빛과 함께 누군가가 나타났다.

[인간에게 빌려준 권능을 돌려받겠다.]

라는 말을 남기고는 신이 된 자에게서 무언가 가져가더니 사라져 버린 것이다.

[뭐, 뭐야, 이건?!]

갑자기 모든 것을 움켜쥘 수 있던 힘이 사라져 버렸다.

신의 권능이 사라진 그는 신이 아닌 그저 한낱 인간일 뿐이었고, 그런 인간이 하늘 위에 있을 자격은 더 이상 없었다.

[난 신이야!! 난 신이란 말이다!!]

하늘에서 끝없이 아래로 추락하는 와중에도 그는 신인 자신이 왜 인간이 되어야 하는지 받아들이지 못했다.

풍덩!!

자신이 만든 홍수에 빠져 죽는 마지막까지도 '왜?' 라고 누

군가에게 묻는 듯한 표정이었다.

처음 바벨의 탑 꼭대기에 올라 신의 능력을 가졌을 때 자신이 신이 된 것이라고 추호도 의심하지 않았던 그는 그저 신의 권능을 빌렸을 뿐인 인간에 불과했던 것이다.

바벨의 탑을 쌓는 인간들을 보며, 화합하여 불가능에 도전하는 그 정신이 흡족했던 신은 탑 꼭대기에 처음으로 오른 자에게 권능을 빌려주었다.

하지만 그런 신의 마음을 배신하듯 신의 권능을 받은 인간은 오히려 화합하던 인간을 잘게 쪼개 버렸다.

수없는 원한을 만드는 것도 부족해 대홍수를 일으켜 지구상에 살아 있는 모든 생명을 죽이려고까지 했다.

뒤늦게 실수를 깨달은 신은 결국 그에게서 신의 권능을 가져가 버렸다.

신의 권능이 사라졌기 때문일까?

40일 동안 지구 전체를 뒤덮었던 엄청난 대홍수는 거짓말처럼 사라져 버렸다.

만약에 신이 그에게서 신의 권능을 가져가지 않았다면 지구상의 모든 생명은 사라졌을지도 몰랐다.

"후, 황당하군."

진운은 어째서 인간을 미워했던 신이 인간뿐만이 아니라 극소수의 생물만 남기고 모두 물로서 벌을 내렸는지 조금은 이해가 되었다.

애초에 대홍수는 신이 일으킨 게 아니라 신의 권능을 받은 욕심 많은 한 인간의 추악한 끝이었던 것이다.

그렇게 바벨의 탑은 두 개가 되었다.

첫 번째 바벨의 탑은 부서지긴 했지만 신의 도움이 있었는지 처음 부서진 모습 그대로 남았다.

두 번째 바벨의 탑도 인간의 원한이 너무나도 깊었는지 사라지지 않았다.

바벨의 탑에 대해서 기억하는 인간이 모두 죽어버렸기에 사람들의 기억 속에서 서서히 사라져 갈 무렵, 첫 번째 바벨의 탑에 방문자가 나타났다.

그가 바로 솔로몬이다.

그는 첫 번째 바벨의 탑에 남겨진 신의 선물을 가졌다.

그리고 두 번째 바벨의 탑에 잠들어 있는, 인간의 원한을 먹고 지내던 72명의 마신을 게티아에 가두었다.

그 후 두 번째 바벨의 탑을 영원히 인간이 찾지 못하는 곳으로 숨겨 버렸다.

게티아를 가진 자가 아니면 그 누구도 찾을 수 없는 곳이었다.

그러고서 72마신을 첫 번째 바벨의 탑의 기둥으로 삼아 자신의 왕궁을 세워 솔로몬대왕이라는 이름을 역사에 남겼다.

"내가 지낸 바벨의 탑이… 두 번째 탑이었다니……."

진운은 이 글을 읽고서야 자신이 목숨을 걸고 탈출했던 바벨의 탑이 바로 두 번째 바벨의 탑이었다는 것을 알게 되었다.

그리고 왜 게티아가 갑자기 힘을 잃어버렸는지도 마지막 장에서 알 수가 있었다.

마신을 봉인하는 간격이 너무 넓었기 때문에 게티아의 힘이 잠시 잠들어 버렸던 것이다.

사실 진운은 게티아를 이용해서 마신을 봉인해 달라는 솔로몬 왕의 유언과 같은 글을 대충 시간 날 때 해도 되는 것쯤으로 생각했다.

하지만 그건 커다란 오산이었다.

첫 번째 마신은 게티아가 스스로 찾았기에 봉인했지만 두 번째 마신은 진운의 개인적인 판단으로 봉인하지 않았다.

그런데 거기서 문제가 생긴 것이다.

그저 바벨의 탑을 오가는 열쇠쯤으로 생각했던 게티아가 사실은 마신을 봉인함으로써 마신의 힘을 인간이 이용할 수 있게 해주는 장치였다.

차원 이동도 결국 처음에 봉인했던 레오날드의 힘을 계속 사용해서 이동했던 것이다.

그런데 그걸 모르고 있던 진운은 자기 기분 내키는 대로 차원 이동을 하면서 대륙을 여행 다녔고, 그 결과 레오날드의 힘이 다하자 게티아 스스로 자신을 보호하기 위해 진운만 강제로 지구로 데려와 버린 것이다.

그 말은 곧 마신을 찾아서 봉인하면 다시 차원 이동을 할 수 있다는 말이었다.

우선 한시름 놓은 진운이었지만 당장 어디서 마신을 찾아야 하는지 그게 난감했다.

그때 갑자기 뭔가 구릿한 향기와 함께,

"끄으으응!!"

뿌지직!!

하는 소리가 들렸다.

그제야 지금 자신이 있는 곳이 공원에 마련된 공용화장실이라는 것을 기억해 내고는 쓴웃음을 지었다.

"우선은… 이곳에서부터 나가야겠군."

하지만 막상 화장실을 나왔지만 갈 곳이 없었다.

"호텔로 돌아갈까?"

그랬다가는 저격했던 녀석들에게 오히려 좋은 먹잇감이 될 수 있다.

혹시라도 검도부원들이 휩쓸릴 수도 있기에 오히려 지금은 진운이 그들 곁에서 사라지는 것이 도움이 되는 상황이다.

진운은 호텔로 돌아가는 것은 머릿속에서 지워 버렸다.

"노숙자 신세인 건가."

아파트는 대륙으로 넘어간다고 벽지와 장판만 빼고 모조리 아공간에 담아가 버렸고, 소지훈의 집도 김미영이 가서 자신의 아파트와 비슷한 상태로 싹 털어가 버렸으니 가봐야 깔고 잘 이불 하나도, 갈아입을 옷 하나도 없다.

당장 은행에 몇 십억의 돈이 있지만 그것조차도 쉽게 찾기가 꺼려지는 진운이었다.

은행에는 필수로 있는 CCTV가 적들에게 진운의 모든 동향을 알려주고 있을 것이 뻔하니 말이다.

거기다 습격이 실패했다는 것을 이젠 알고 있으니 아마 지금쯤 진운을 찾고 있을지도 몰랐다.

"우선 한국으로 넘어가야겠지."

그나마 유일하게 외우고 있는 공간이동 좌표가 썰렁한 자신의 아파트와 S대라는 것이 한 가지 위안이면 위안이었다.

그러다,

"아, 공간이동 못 쓰지."

게티아가 스스로를 보호하기 위해 자가 봉인을 한 이상 다른 마신을 잡아서 봉인하지 않는 한 차원 이동은커녕 공간이동도 사용할 수 없다는 것을 잠시 잊었던 것이다.

만약에 레이나라도 곁에 있다면 마법으로 어떻게 도움을 받겠는데, 그런 레이나도 없는 상황에 진운은 바벨의 탑을 나온 이후 처음 혼자가 되었음을 깨달았다.

어떤 일이 있든 어떤 일을 하든 항상 진운의 곁에는 언제나 레이나가 있었다.

그것을 당연하게 생각했고, 레이나가 있는 것이 오히려 편했다.

이렇게 혼자 남겨지자 레이나의 빈자리가 너무나 크게 느껴졌다.

거기다 지금 이곳은 중국이다.

그나마 한국이라면 살던 나라이기에 마음이라도 편할 텐데 낯선 중국 땅에서 노숙자 신세가 된 진운은 결국 화장실을 나와 벤치에 우두커니 앉아있었다.

"……."

무엇을 해야 할까.

사실 할 일은 정해져 있었다.

마신을 잡아서 어떻게든 봉인해 차원을 넘어가 소지훈과 김미영, 그리고 다슬이가 안전한지 확인하는 것이다.

그리고 레이나와 아이린을 데리고 다시 지구로 돌아와야만 했다.

현재 소지훈의 가족도 위험하긴 했지만, 정말 대륙에 남아서 위험한 것은 바로 아이린이었다.

그랜트 자작이라는 녀석이 눈에 불을 켜고 지금도 아이린을 찾아다니고 있다고 하는데, 정보 길드에서는 진운과 아이린이 같이 있는 것을 분명히 알고 있을 것이다.

진운이 곁에 있다면 아무런 상관이 없지만 현재 진운이 없는 상태에서 정보 길드의 제린과 제인이 어떻게 돌변할지는 알 수 없었다.

막말로 돈 받고 아이린의 정보를 팔아버릴 수도 있었다.

물론 아이린의 정보를 그랜트 자작에게 팔게 되면 진운과 자신들의 사이가 틀어질 것임을 모를 리 없겠지만, 진운의 부재가 길어지면 길어질수록 어떻게 변할지 모르는 법이기에 최대한 빨리 돌아가야만 했다.

벌써 몇 시간째 벤치에 앉아 있는 진운을 힐끗거리는 사람들이 생기기 시작했기에 여기에 계속 있는 것도 시선만 끌 뿐이다.

그렇게 진운이 공원 밖으로 나가려고 입구로 다가서는데,

"저기… 진운 씨 맞죠?"

누군가 진운을 멀리서 알아본 듯 빠르게 다가오고 있다.

커다란 챙모자를 쓴, 언뜻 봐도 꽤 미인인 그녀를 보고 진운은 고개를 갸웃거렸다.

그런데 그녀가 가까이 다가올수록 왠지 익숙한 마나의 파동이 느껴지는 것이 아닌가?

"아영 씨?"

“네, 저예요.”

그래도 죽으라는 법은 없는지 중국의 이름 모를 공원 입구에서 진운은 김아영과 만나게 된 것이다.

“진운 씨가 중국에는 웬일이에요?”

“저요? 어쩌다 보니… 그렇게 되었네요.”

왜 이 사람이 중국에 있는지, 서로 이상하게 생각하는 얼굴이 되었다.

쓸쓸하게 웃는 진운의 미소에 아영은 갑자기 주위를 두리번거리더니 무언가를 찾는 듯 살피다가,

“저기… 레이나 씨는 어디 갔나요?”

한집에 살면서 동료라고 말하는 요상한 관계의 레이나가 보이지 않자 아영이 물어왔다.

“레이나는 지금 고향에 있어요.”

“고향에요? 그럼… 다시 돌아오는 건가요?”

레이나가 없다는 것에 기분이 좋아진 아영이 슬쩍 물어보자,

“뭐, 당장은 사정이 있어서 어렵지만 아마 돌아오긴 할 겁니다. 해야 할 일이 있거든요.”

“…그래요?”

잠시 실망한 듯하던 아영은 그래도 당장 오지 않는다는 것에 기분이 다시 좋아진 듯 웃었다.

“혼자… 뭐하고 계셨어요?”

아영은 그냥 지나가는 말로 물어본 것이지만 진운은 막상 그 말에 대답할 말이 없었다.

“…왜 그러세요?”

진운이 살짝 당황한 듯 입을 다물어 버리자 아영은 자신이 뭔가 실수했는가 싶은 마음에 조심스럽게 다시 물었다.

“그게… 집을 나왔어요.”

집에 있는 모든 것을 가지고 대륙으로 넘어갔으니 집을 나왔다는 말이 딱히 거짓말을 한 것은 아니다.

하지만 그 말을 들은 아영은 놀란 표정을 지으면서,

“왜요?”

나름 S대 다니고 알아주는 수재라는 소리를 듣고 있는 진운으로 알고 있는 아영은 그가 멀쩡한 집을 놔두고 나와 버렸다는 말이 쉽게 이해가 가지 않았다.

거기다 여기는 중국이 아닌가?

집을 나와서 오기에는 너무 먼 곳이다.

“그게… 그렇게 됐어요.”

차마 다른 설명을 할 수 없는 진운은 대충 둘러대고는 아영과 헤어지려고 했지만 아영이 그런 진운을 놓아주질 않았다.

“저 광고 촬영 때문에 중국에 왔는데… 혹시 갈 곳은 있으세요?”

뜨끔!

서두르는 진운의 모습이 무언가에 쫓기기보다 벗어나려는 행동인 것을 알고 있는 듯한 아영의 한마디에 진운은 애써 태연한 척 웃으면서

"뭐……."

라고 한마디 내뱉고는 그대로 잡혀 버렸다.

그런데 진운이 아영에게 붙잡히는 순간 진운의 귀에 익숙한 목소리가 들려왔다.

[이런, 이런. 마신을 봉인할 남자가 겨우 여자에게 휘둘리다니… 안타깝군그래.]

아영의 주변에 붙어 다녔는지 아스타로트가 진운에게 인사 대신 핀잔을 날려왔다.

진운은 슬쩍 곁눈질로 아스타로트를 보면서,

"봉인해 줄까?"

[어머, 겨우 약점을 가지고 여자를 협박하는 협잡꾼에 불과했구나? 안타깝군그래.]

마치 진심으로 그런 느낌을 받았다는 듯 말하는 아스타로트였지만 진운은 마신들의 웃음이 얼마나 교활한지 알고 있었다.

"내가 지금 급하게 봉인할 마신이 하나 필요한데 급하면 너라도 상관없고."

[후후훗, 다급한가 보군. 그리고 아주 작지만 항상 느껴지던 레오날드의 기척이 느껴지지 않는데 설마 잠이라도 든 건 아닌지 모르겠군.]

게티아 속의 레오날드가 그동안 진운의 무식한 차원 이동 때문에 강제로 잠들어 버렸다는 것을 귀신같이 알아챈 아스타로트였다.

"……."

더 이상 아스타로트의 장난을 상대해 주다가는 끝이 없을 것 같기에 진운은 입을 다물고는 그대로 고개를 돌렸다.

하지만 최소한 아영이 자신 때문에 위험해도 급하게 보호해 주진 않아도 될 것 같았기에 어느 정도 마음이 놓이긴 했다.

아스타로트가 무슨 생각으로 아영의 곁에 맴도는지는 모르지만 그가 있는 한 웬만한 사고나 위험으로 죽을 위험은 없을 테니 말이다.

아무리 그래도 72마신 중 대공작이라는 호칭이 붙은 아스타로트이다.

비록 지금은 반쪽짜리이지만 대공작이라는 호칭이 그냥 붙은 게 아닌 듯 게티아에 봉인되어 있는 레오날드가 강제로 잠들어 버렸다는 것을 기가 막히게 눈치챈 것만 봐도 충분했다.

　　　　＊　　　＊　　　＊

“바보 같군.”

중국 공항에 내려선, 금발에 선글라스를 쓴 남자가 자신이 이곳까지 오게 된 것이 불만인지 연신 투덜거리고 있다.

“그게… 위쪽에서 많이 화가 난 듯합니다.”

그런 선글라스의 남자에게 긴장한 채 그의 말투 하나하나까지 신경 쓰면서 연신 고개를 조아리는 중국 남자는 흡사 저 승사자 옆에 있는 듯 그가 조금이라도 화가 난 듯 말이 거칠어지면 그때마다 온몸을 심하게 떨기까지 했다.

“그래서 저격 로봇 두 대가 감쪽같이 사라졌다는 거지?”

“네.”

“그래서, 겨우 그것 때문에 나를 이곳까지 불러온 거란 말이고. 응?”

선글라스를 낀 채로 다가가자 그의 선글라스에 중국 남자가 식은땀 흘리는 모습이 고스란히 비쳐졌다.

“그게… 진홍의 사신으로 불리는 테칸님이 아니면 도저히 안 될 것 같다고…….”

“쳇!!”

“죄송합니다. 저희가 다 실력이 미흡하다 보니 이런 사태까지 벌어졌습니다."

"그보다 정진운 그 녀석이 이곳 중국에 있는 것은 확실하겠지?"

테칸은 자신이 직접 비행기를 타고 중국으로 가는 것을 확인했지만, 멀쩡한 저격 로봇 두 대나 잃어버리는 바보 같은 녀석들이기에 한 번 더 물어본 것이다.

"확실합니다. 방금 위성으로 묵고 있는 호텔에서 조금 떨어진 공원 벤치에 앉아 있는 것을 제가 직접 확인했습니다."

"그래? 그렇다면……."

말을 슬쩍 흘리던 테칸은 쓰고 있던 선글라스를 벗었다.

그러자 진한 선글라스에 가려져 있던 그의 붉은색 눈동자가 밖으로 드러났다.

그런 테칸의 눈동자를 본 중국 남자는 사시나무 떨 듯 몸을 떨기 시작했다.

"테… 칸님, 어째서 갑자기… 선글라스를… 벗으십니까?"

진홍의 사신이라는 별명이 붙은 이유가 된 테칸의 붉은 눈동자는 너무나 아름답고 보석과 같은 매력을 가지고 있다.

하지만 그 눈동자를 직접 보고 살아남은 자가 없다는 전설이 뒤따라 다니기에, 중국인이 지금 놀라고 있는 것이다.

"크크크큭, 걱정 마. 겨우 네까짓 것 태우려고 내가 여기까지 온 건 아니니까 말이야."

그리고는 슬쩍 다시 선글라스를 쓴 테칸이 앞장서자 중국 남자는 황급히 테칸의 앞으로 달려가더니 미리 준비되어 있던 차 문을 열어주었다.

"이름이… 친니라고 했나?"

테칸이 불현듯 차에 올라타려다가 자신을 지금까지 안내한 중국 남자의 이름을 확인하자,

"네, 테칸님."

LTE보다 빠른 속도로 즉각 대답하는 친니였다.

"오늘 밤 처리할 테니 그 녀석 움직임이나 놓치지 마라. 알겠지?"

꿀꺽.

친니는 방금 그 말이 무엇을 뜻하는지 충분히 알고 있는 듯 마른침을 한번 삼키고는,

"명심하겠습니다."

라고 대답했다.

지금 그 말은 자의든 타의든 자신이 원할 때 진운의 행적을 말하지 못하면 가장 먼저 친니 자신이 테칸의 불에 뼈조차 남기지 못하고 사라져 버릴 것이라는 뜻이다.

진운이 갑자기 지구로 와서 정신없는 사이 이미 적은 인공위성을 이용해 진운의 위치를 파악하고 있는 중이었다.

아영과 만난 것도 이미 알고 있다.

그리고 진홍의 사신이라는 별명을 가진 테칸이 중국 땅에
온 이상 진운은 대륙의 마스터라는 초인과 전혀 다른 타입의
지구의 초인과 싸워야 하는 시간이 다가오고 있는 것이다.

『바벨의 탑』 7권에 계속…

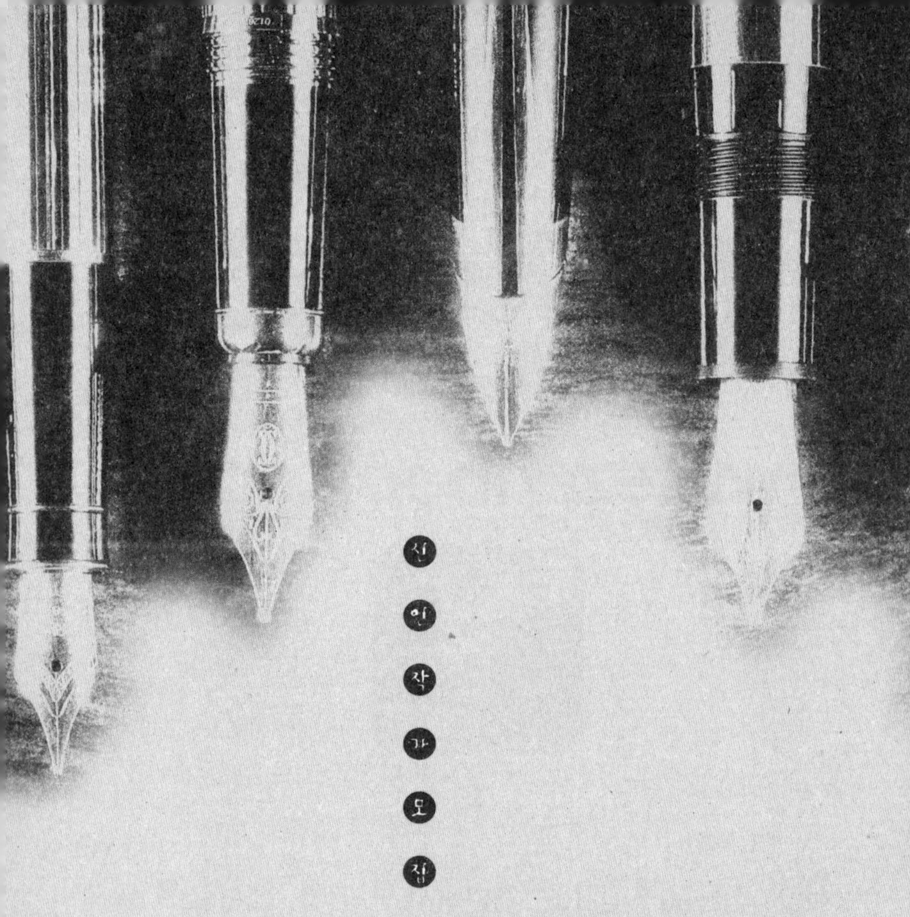

신
인
작
가
모
집

시작이 반이라고 했습니다.
작가의 길에 대한 보이지 않는 벽을 과감히 깨뜨리십시오!
청어람은 작가 지망생 여러분들의
멋진 방향타가 되어드리겠습니다.

저희 도서출판 청어람에서는
소설 신인 작가분들을 모집합니다.
판타지와 무협을 사랑하시는 분들의 많은 참여를 바랍니다.
소정의 원고(A4용지 150매)를 메일이나 우편으로 보내주시면
검토 후 출판 여부를 알려드리겠습니다.

주소:경기도 부천시 원미구 심곡2동 163-2 서경B/D 2F 우편번호 420-822
TEL:032-656-4452 · FAX:032-656-4453
http://www.chungeoram.com
e-mail:chungeoram@chungeoram.com